Le Lièvre de mon grand-père
Suivi des *Chasses du comte de Foix*

DU MÊME AUTEUR

Dans la même collection

La Tulipe noire, Motifs n° 261.

Aventures de Lyderic suivi de *Les deux frères*, Motifs n° 315.

Alexandre Dumas

Le Lièvre de mon grand-père

suivi des

Chasses du comte de Foix

Préface de Francis Lacassin

motifs

Collection Motifs

MOTIFS n° 322

Illustration de couverture : © Karen Petrossian,
Olivier Mazaud, Bernard Perchey

N° ISBN : 978 2 268 06679 0

Préface

Les chasses tragiques d'Alexandre Dumas

Le capitaine Achab était obsédé par Moby Dick, la baleine blanche. Il avait engagé contre elle, non pas une chasse, un duel à mort. Tout comme Jérôme Palan, apothicaire déchu de la petite ville de Theux, acharné à poursuivre de sa haine un animal aussi redoutable et de couleur blanche. Moins imposant bien que de « taille colossale » : un lièvre...

Animal diabolique, il a fait perdre à son adversaire : boutique, honneur, santé ; et saccagé ses affections familiales. Au terme d'un duel à mort traversé de péripéties sanglantes, l'ex-apothicaire est devenu une espèce de vagabond fou. Aussi sûrement que Moby Dick a détruit l'âme du capitaine Achab.

La nature hostile, le froid, la faim, les chiens massacrés qui auraient pu servir à une nouvelle de Jack London ont inspiré à Alexandre Dumas un de ses plus délicieux contes fantastiques.

Il date, comme beaucoup de ses textes fantastiques ou merveilleux, de l'exil vécu par l'auteur à Bruxelles de 1852 à 1854. Sous prétexte d'éviter les retombées du coup d'État du 2 décembre 1851, Dumas a mis dès le 10 décembre une frontière entre sa personne et une meute de créanciers hargneux qui ont obtenu contre lui un jugement de faillite prononcé... le 11 décembre 1851.

Dans sa maison du 73, boulevard de Waterloo (et toc ! pour la dynastie impériale), l'exilé reçoit des proscrits qui ont mis la frontière belge entre eux et la police politique du prochain empereur, coupable d'avoir assassiné la république. Jules Hetzel, futur éditeur de Jules Verne, Esquirol, Noël Parfait, Cherville, sans oublier Victor Hugo, le plus véhément contre le « nain immonde », le « parjure couronné » et bientôt « Napoléon le petit ».

L'année suivante, ils sont tous conviés le 3 novembre (jour de la Saint-Hubert) à une grande partie de chasse. Retenu par l'achèvement de son drame *La Conscience*, Dumas leur fait défaut au dernier moment. Il charge son ami

Cherville de lui raconter les péripéties de cette chasse entre amis. Peu intéressé par cet événement, Cherville préfère faire parler le patron de l'auberge des Trois-Rois. Il recueille de sa bouche une aventure survenue dans les années 1780 à son grand-père...

Dumas a la manie d'attribuer à d'autres, peut-être pour en accréditer l'authenticité, une histoire dont il est le véritable auteur. Charles Nodier lui aurait fourni le sujet de *La Femme au collier de velours*, et il aurait entendu raconter par Gérard de Nerval ses histoires réunies sous le titre *Contes pour les grands et les petits enfants*.

Le Lièvre de mon grand-père, rédigé en 1856, provient du filon merveilleux et parfois féerique que Dumas exploitera jusqu'en 1860 au profit de ses propres journaux : *Le Mousquetaire* et *Le Monte-Cristo*... avant d'être accaparé par l'épopée garibaldienne à Naples et en Sicile.

Ces contes, souvent destinés aux enfants, ont pour cadre des forêts obscures dont l'auteur connaît bien la faune et sa vie mystérieuse troublée par des scènes de chasses. Les familiers de l'œuvre de Dumas ne sont pas très surpris de voir la chasse au lièvre « de taille colossale » succéder à la chasse aux ferrets de la reine.

Dumas sait de quoi il parle. À l'âge où les enfants apprennent à tenir une plume, lui sait se servir d'un fusil et lire comme dans un livre les traces laissées par le gibier. Il doit cette formation cynégétique à un certain Mocquet, garde-chasse de son père le général Dumas. Ce héros des guerres de la Révolution, objet de la haine de Napoléon en raison d'un républicanisme intransigeant est venu terminer une existence râpée et grevée par la maladie à Villers-Cotterêts. Il a épousé la fille de l'aubergiste local. Dans cet autre exil, la seule dérivation à la maladie et au chagrin est la chasse. Il en donnera la passion à son jeune fils, le futur écrivain, en le confiant à un expert réputé et hâbleur. Mocquet aurait très bien pu raconter à son jeune élève l'histoire du *Lièvre de mon grand-père.* Il a préféré l'éblouir par le récit d'un voyage accompli dans la lune (il faisait bien rire le général) et par son expérience des loups-garous qui inspirera à Alexandre Dumas *Le Meneur de loups.*

Quelque vingt ans avant *Le Lièvre de mon grand-père*, Dumas décrivait déjà une partie de chasse à caractère fantastique, *Les Chasses du comte de Foix.* Le héros est une laie presque aussi maléfique que le fameux lièvre. Le lecteur prendra plaisir à comparer ces deux histoires au dénouement semblable et apprécieront le progrès accompli dans la mise en scène du récit.

Bien que démunie de toute connotation fantastique, la plus impressionnante des parties de chasse est celle du drame *Les Forestiers* représenté à la même époque que *Le Lièvre de mon grand-père.* L'action est située dans la forêt de Villers-Cotterêts. Au premier acte, le garde François nous éblouit par une lecture du terrain à la *Bas-de-cuir.* Il identifie un gibier qu'il n'a pas vu en tenant compte de la chute de la rosée, de l'eau contenue par la trace de l'animal. C'est une laie. Elle est pleine : sa pince s'écarte en marchant, une touffe de poils accrochée à un chêne auquel elle s'est frottée apporte une révélation supplémentaire : elle a été blessée à l'épaule gauche. Le garde François – on est tenté d'écrire : Mocquet – fera preuve d'encore plus de génie à l'acte suivant. Il disculpe son collègue Bernard, que toutes les apparences accusent de meurtre. Celui d'un parisien qui lui a ravi sa fiancée. Près du cadavre, on a retrouvé la bourre et une balle provenant du fusil de Bernard. Grâce à une lecture magistrale du terrain, François démontre que Bernard s'est bien embusqué pour liquider son rival. Mais au lieu de tirer, épouvanté par sa propre haine, il s'est enfui en jetant son fusil, qui a failli faire de lui un criminel. Un inconnu embusqué à l'insu de Bernard s'en est emparé pour assassiner le Parisien. Dans le but de le voler... François fait remarquer que de l'endroit d'où a été tiré le coup de feu, jusqu'à celui où la victime s'est effondrée, apparaissent seulement les empreintes de l'assassin. Pour achever de « magnétiser » ses auditeurs par ses « facultés divinatoires », François termine par un coup de maître. L'assassin s'est fait une entorse à la cheville gauche en se précipitant vers sa victime. Les empreintes qu'il laisse sont inégalement espacées.

Le Dr Edmond Locard, surnommé entre les deux guerres le « Sherlock Holmes français », considère l'enquête du garde François comme un modèle du genre. Il conseille aux gendarmes et détectives de faire un stage dans l'administration forestière : « Bien peu d'entre eux, et j'entends des plus habiles, seraient capables d'une telle lecture de traces[1]. »

1. Edmond Locard, *Policiers de romans et policiers de laboratoires*, Payot, 1924.

Voici donc l'ex-élève de Mocquet, sacré par l'un des plus célèbres experts comme un précurseur du roman policier !

Mais ceci est une autre histoire !

Francis LACASSIN

Le Lièvre de mon grand-père

Causerie en matière d'explication

Chers lecteurs,

Pour peu que vous m'ayez suivi avec quelque intérêt dans ma vie littéraire et dans ma vie privée, je n'ai pas besoin de vous dire que j'ai habité la ville de Bruxelles en Brabant, du 11 décembre 1851 au 6 janvier 1854.

Les quatre volumes de *Conscience l'Innocent*, les six volumes du *Pasteur d'Ashbourn*, les cinq volumes d'*Isaac Laquedem*, les dix-huit volumes de *La Comtesse de Charny*, les deux volumes de *Catherine Blum*, et douze ou quatorze volumes de mes *Mémoires* datent de là.

Ce sera un jour une matière difficile à explorer, un problème difficile à résoudre pour mes biographes, que de découvrir quels collaborateurs anonymes ont fait ces cinquante volumes.

Car, vous le savez, cher lecteur, il est connu (des biographes bien entendu) que je n'ai pas fait un seul de mes douze cents volumes.

Dieu fasse paix à mes biographes, comme il veut bien, dans sa miséricorde infinie, me faire paix à moi-même !

Aujourd'hui, chers lecteurs, je vous apporte un nouveau conte.

La véritable date de celui qui surgit à vos yeux sous le titre un peu excentrique, mais qui sera pleinement justifié, du *Lièvre de mon grand-père*, doit en réalité remonter à la période de ses frères belges.

Mais comme je ne veux pas qu'à l'endroit de son véritable auteur plane sur lui la fâcheuse obscurité qui plane sur les autres, j'entreprends de raconter aujourd'hui dans cette causerie-préface la façon dont il voit le jour, et, tout en me réservant le titre du parrain qui le tient sur les fonts de baptême de la publicité, de faire connaître son véritable père.

Son véritable père a nom : M. de Cherville.

M. de Cherville pour vous, chers lecteurs ; Cherville tout court pour moi.

Le temps passait vite et doucement, pour moi surtout qui étais exilé volontaire dans cette bonne ville de Bruxelles. Un grand salon situé rue de Waterloo, 73, réunissait tous les soirs, ou à peu près, quelques bons amis, des amis de cœur, des amis de vingt ans :

Victor Hugo, – à tout seigneur tout honneur, – Charras, Esquiros, Noël Parfait, Hetzel, Péan, Cherville.

Les naturels du pays venaient peu à ces sortes de soirées toutes parisiennes ; à l'exception du savant André Van Hasselt et de sa femme, de l'excellent Bourson et de sa femme, et de mon vieil ami Paul Bouquier, nous étions entre Français.

Il est vrai que, si je ne craignais pas de les compromettre aux yeux de leurs compatriotes, je dirais que Van Hasselt est cosmopolite, que Bourson et sa femme sont de vrais Français, et que Bouquier est non seulement un Français, mais un Parisien.

On restait ainsi jusqu'à une heure ou deux heures du matin autour d'une table à thé, causant, bavardant, riant, pleurant quelquefois.

Pendant ce temps, en général, je travaillais : seulement, deux ou trois fois, d'habitude, dans la soirée, je descendais de mon second et venais jeter un mot au milieu de la conversation générale, comme un voyageur qui arrive au bord d'une rivière jette une branche au courant.

Et la conversation emportait le mot comme le courant emporte la branche.

Puis je remontais travailler.

Enfin un jour, pendant que je travaillais, on fit un complot :

C'était de m'arracher quatre ou cinq jours à mon travail, et de m'entraîner à la chasse.

Notre ami Joigneaux avait écrit de Saint-Hubert-en-Luxembourg pour nous dire qu'il y avait cette année, dans les forêts ardennaises, force lièvres, chevreuils et sangliers.

Vous connaissez Joigneaux, n'est-ce pas ? C'est l'ex-représentant du peuple qui publiait en France, et qui continue de publier à l'étranger, le meilleur journal d'agriculture qui existe.

Il y avait deux tentations presque irrésistibles dans cette lettre : un vieil ami à revoir ; des lièvres, des chevreuils, des sangliers à tuer.

La partie fut résolue entre Cherville, le colonel C... et Hetzel.

Hetzel, non chasseur, causerait avec Joigneaux de la publication de son almanach, tandis que l'on saint-barthélemyserait lièvres, chevreuils et sangliers.

On résolut que, bon gré, mal gré, je serais de la partie.

Il en résulta qu'à une de mes apparitions habituelles, je vis étalés sur la table mon Lefaucheux-Devisme, mon carnier et un nombre indéfini de cartouches n° 4, double zéro et à balles.

Il y en avait pour tous les goûts.

– Qu'est-ce que cette exhibition ? demandai-je.

– Vous le voyez bien, cher ami : c'est votre fusil, que l'on a tiré du fourreau, votre carnier que l'on a tiré de l'armoire, et vos cartouches que l'on a tirées du carnier.

– Et tout cela, dans quel but ?

– Nous sommes au 1er novembre.

– C'est possible.

– C'est après-demain le 3.

– C'est probable.

– Eh bien ! le 3, c'est la Saint-Hubert.

– Ce qui veut dire que nous vous débauchons, que nous vous emmenons, et que, de gré ou de force, nous vous faisons chasser.

Il y a toujours un reste de flamme au fond de mon cœur quand on me parle de chasse.

Avant que je fusse condamné aux travaux forcés de la littérature, la chasse était mon grand, mon principal, je dirais presque mon unique amusement.

Je n'ai en réalité que deux souvenirs dans la vie.

La chasse en est un.

– Ah ! diable, fis-je, c'est bien tentant, ce que vous me proposez là !

– Joigneaux nous a écrit à l'ouverture de la chasse, ou plutôt il a écrit à Hetzel. Hetzel ne lui a pas répondu, naturellement : nous irons le surprendre.

– Chez Joigneaux, je voudrais bien...

– Qui vous empêche ?

J'étais descendu en tenant ma plume.

Je regardai tristement cet artisan de bien et de mal que notre civilisation a fait d'acier, dans la prévoyance sans doute de ce que j'en userais si l'on n'inventait pas quelque matière : – *re perennius*, – comme dit Horace.

– Hélas ! répondis-je, voilà mon arme désormais ; je chasse aux idées, et de jour en jour le gibier devient plus rare.

– Jetez donc votre plume par-dessus la porte de Hall, et venez avec nous. C'est l'affaire de trois jours : un jour pour aller, un jour pour chasser, un jour pour revenir.

– C'est bien tentant !

– Allez donc ! allez donc ! répéta-t-on en chœur.

– Ma foi, si d'ici à demain il n'arrive rien de nouveau...

– Que voulez-vous qu'il arrive ?

– Je ne sais ; mais il y a un fait : c'est que depuis tantôt dix-huit mois que je suis ici, le prince de Ligne a voulu m'emmener chasser à Belœil, les MM. Lefèvre ont voulu m'emmener chasser à Tournai, Bouquier a voulu m'emmener chasser à Ostende ; j'ai pris deux ports d'armes de trente francs chacun, cinq francs de plus qu'en France. Eh bien ! je n'ai été ni à Ostende, ni à Tournai, ni à Belœil, et mes deux ports d'armes ne m'ont pas servi une seule fois...

– Parce que ?

– Parce qu'il est toujours arrivé quelque incident imprévu qui m'a empêché d'utiliser mes ports d'armes et de profiter de l'invitation.

– Mais si, d'ici à demain, cet incident imprévu ne se présente pas ?

– Je suis des vôtres, et avec grand plaisir.

– Allons, prions saint Hubert de nous préserver des incidents imprévus.

C'était Cherville qui adressait cette invocation au saint.

Or, comme si le saint n'eût attendu que le dernier mot de la phrase pour manifester sa puissance, à peine Cherville avait-il prononcé ce dernier mot que l'on sonna à la porte du boulevard.

– Aïe ! aïe ! aïe ! mes enfants, m'écriai-je, c'est justement l'heure de la poste.

Joseph passa pour aller ouvrir.

Joseph était mon domestique.

Un domestique belge dans toute la force du terme, c'est-à-dire regardant tout Français comme son ennemi naturel.

Or, vous connaissez le proverbe du soldat en campagne et de l'écolier en maraude :

Autant de pris sur l'ennemi.

C'était la maxime favorite de Joseph.

Joseph passa donc pour aller ouvrir.

– Joseph, dit Hetzel, si c'est une lettre de Paris, déchirez-la.

Joseph, cinq minutes après, reparut, une large enveloppe à la main.

– Eh bien, dit Hetzel, que vous avais-je recommandé ?

– Ce n'est pas une lettre, monsieur, répondit Joseph, c'est une dépêche télégraphique.

– Ah ! mon Dieu ! m'écriai-je, c'est bien pis !

– Allons ! au diable notre chasse ! dit Cherville.

– Ouvrez vous-mêmes, chers amis, et vous déciderez de mon sort.

Joseph remit la dépêche à Hetzel.

La dépêche fut ouverte.

Elle contenait ces trois lignes :

Paris, vendredi. Cher Dumas, si je n'ai pas reçu La Conscience *pour le 5 courant, je suis averti par Royer et Vaz qu'on met le 6 en répétition je ne sais quelle tragédie de je ne sais pas qui. C'est clair, n'est-ce pas ?*

LAFERRIÈRE

Cherville et Hetzel se regardèrent, consternés.
– Eh bien ! qu'en dites-vous ? demandai-je.
– Où en êtes-vous de votre drame ?
– Il me reste à faire la moitié du cinquième, et le sixième tableau tout entier.
– Alors, pas moyen.
– Pas moyen pour moi, du moins ; mais allez, vous, mes enfants, Cherville me racontera la chasse, Hetzel brodera sur le récit de Cherville, et, moins le plaisir d'être avec vous, ce sera exactement comme si j'y avais été.

Je repris ma plume, déposée un instant sur la cheminée, je recommandai de remettre les cartouches dans le carnier, le carnier dans l'armoire, le fusil dans son fourreau, et je remontai à mon deuxième étage avec un gros soupir.

Ah ! si j'avais eu quelqu'un pour faire mon drame, comme j'aurais été à la chasse !

Le 5, au soir, mon drame complet de *La Conscience* partit pour Paris ; le 6, au matin, un commissionnaire apporta à la maison un cuissot de chevreuil, accompagné de cette lettre :

Mon cher Dumas,

Je vous envoie du chevreuil de Saint-Hubert. Ce soir nous irons prendre, Hetzel et moi, une tasse de thé chez vous, et je vous promets de vous raconter une chasse comme vous n'en avez pas entendu raconter depuis celles de Robin des Bois.

Joigneaux vous embrasse tendrement, Hetzel et moi vous serrons la main.

Tout à vous,

DE CHERVILLE.

Je donnai à ma cuisinière la recette d'une marinade de mon ami Willemot, l'un des propriétaires de *La Cloche et la Bouteille* à Compiègne, et je me remis à mon travail.

Le soir, à neuf heures, on annonça MM. de Cherville et Hetzel.

Les triomphateurs entrèrent au bruit d'une fanfare.

Les premières questions furent pour demander des nouvelles de Joigneaux.

Joigneaux mariait sa fille au fils du bourgmestre.

Les chasseurs étaient arrivés au beau milieu de la noce.

Au bout d'un instant, Hetzel, qui paraissait jouir d'avance de l'effet qu'allait produire le narrateur, secoua la sonnette qui était destinée à appeler Joseph, et dit :

– Cherville a la parole.

– Mon cher Dumas, dit Cherville, je crois que je vous apporte un volume assez amusant.

– Allons, part à nous deux, mon cher ami.

– Ma foi, oui ! Écoutez-moi cela.

– C'est à vous que l'aventure est arrivée ?

– Non, c'est tout simplement au grand-père de maître Denis Palan, propriétaire de l'auberge des *Trois-Rois*, à Saint-Hubert.

– Et quel âge a maître Denis Palan ?

– Dame ! c'est un homme de quarante-cinq à cinquante ans.

– Alors la scène se passe vers la fin du dix-huitième siècle ?

– Justement.

– Nous écoutons.

– Je dois d'abord vous dire, n'est-ce pas ? comment Denis Palan a été amené à nous raconter cette aventure.

– Mon cher ami, je crois que vous tirez à la ligne.

– Non, parole d'honneur ! la chose est nécessaire ; vous ne comprendriez rien à l'événement si j'entrais en matière sans préparation.

– Prépare donc, mon ami, prépare ; c'est le grand art des romanciers et des auteurs dramatiques ; seulement, pas de longueur !

– Soyez tranquille.

– Allez !

– Mes enfants, dit Hetzel, il est permis de dormir, mais il est malhonnête de ronfler. Va, Cherville.

Cherville commença.

– La circonstance de la noce de la fille de Joigneaux avait fait qu'au lieu de loger chez lui, nous avions, malgré ses invitations réitérées, insisté pour loger à l'auberge des *Trois-Rois*.

À peine y fûmes-nous entrés que nous reconnûmes la faute que nous avions commise. Au point de vue de l'égoïsme, mieux eût valu être indiscrets et loger chez Joigneaux.

Je ne sais si jamais trois rois, en logeant chez Denis Palan, lui ont donné le droit de dresser au-dessus de sa porte son aristocratique enseigne ; mais si jamais trois rois, fût-ce des rois mages, comme Balthazar, Gaspard et Melchior, ont été pris à ce traquenard, c'est une charité, mon cher Dumas, tout républicain que vous êtes, de prévenir les têtes couronnées qui passeraient par Saint-Hubert de ne pas se laisser séduire par ce tableau qui représente les trois souverains dans leurs costumes royaux. À tout prendre, les rois sont des hommes, quoique M. de Voltaire ait dit : Pour être plus qu'un roi, te crois-tu quelque chose ?

Or, à l'hôtellerie des *Trois-Rois*, tenez-vous cela pour dit, et bien dit, on ne fait ni noces ni festins, on ne loge ni à pied ni à cheval.

On mange sur le pouce et on dort sur sa chaise.

Il faut dire aussi, à la louange du digne hôtelier, qu'il ne promet pas plus qu'il ne tient.

Au-dessous de la flamboyante portraiture des trois mages qui lui servent d'enseigne, le peintre chargé de cette œuvre d'art s'est contenté, pour toute réclame, de faire figurer un petit verre et une tasse de café.

Maintenant vous me demanderez comment nous avions, le colonel, Hetzel et moi, choisi un pareil logis.

C'est ce à quoi je vous répondrai que nous ne sommes pas, au bout du compte, aussi niais que nous en avons l'air au premier abord.

Nous avions choisi celui-là, cher ami, parce qu'il n'y en avait pas d'autre.

Permettez-moi d'entrer dans la topographie de l'auberge.

La description ne sera pas longue.

L'intérieur se compose de trois pièces.

La première est la cuisine, et sert en même temps de chambre à coucher à l'aubergiste et à sa famille.

La seconde est une salle basse et enfumée, meublée de deux tables et de quelques escabeaux de chêne, polis par l'usage plutôt que par le rabot du menuisier.

Cette salle est destinée aux consommateurs.

La troisième est une espèce de hangar-écurie où l'on parque pêle-mêle les chevaux, les ânes, les bœufs et les cochons.

Or, quand, le matin, on nous avait montré cette salle comme la chambre unique où il nous faudrait dîner et coucher, nous avions dit, avec le laisser-aller habituel à des chasseurs :

– Bon ! avec un grand feu, un bol de punch et trois matelas, une nuit est bientôt passée.

Ce n'est que lorsque la nuit est venue que l'on s'aperçoit combien certaines nuits sont longues.

Ce fut une chose dont nous nous aperçûmes dès onze heures du soir, – quand notre feu commença de s'éteindre, quand notre bouteille de genièvre fut vidée, et quand il nous fut positivement démontré qu'il n'y avait pas d'autres matelas dans l'auberge que celui qui était au lit de l'aubergiste, et sur lequel grouillaient sa femme et ses trois enfants.

Quant à lui, il était resté debout pour *contenter*, autant qu'il était possible, messieurs les Parisiens.

Tant que le souper avait duré, bon ou mauvais, la gaieté avait survécu.

Tant qu'il était resté une goutte de schiedam dans la bouteille, la conversation avait surnagé.

Tant que le feu avait duré, l'esprit français avait, comme le foyer, jeté de temps en temps des éclairs.

Puis il s'était fait de grands silences.

Puis chacun, en regardant autour de soi, avait essayé de s'accommoder de son mieux pour dormir.

Puis, enfin, un instant on avait pu croire que tout le monde dormait.

On n'entendait plus que le tic-tac monotone d'une grande horloge de bois qui ornait un des coins de la salle.

Il n'en était rien.

Chacun faisait ce qu'il pouvait pour cela, mais personne n'y réussissait.

Tout à coup la grande horloge vacilla depuis son piédestal jusqu'à son cadran.

Un grand bruit de chaînes, un atroce grincement de rouages en sortit, et le marteau tomba onze fois sur le timbre.

En supposant que tout le monde eût dormi, un pareil bruit suffisait bien à réveiller tout le monde.

– Sacrebleu ! ronfla le colonel.

– Ce qui signifie ?... demandai-je.

– Que nous allons passer une jolie petite nuit, dit Hetzel, sans compter qu'il ne fait pas chaud. Voyons, Cherville, toi qui es le plus jeune et le plus joli de la société, appelle l'aubergiste.

– Pour quoi faire ?

– Pour qu'il nous donne du bois. On ne peut pas toujours manger, on ne peut pas toujours boire ; on peut toujours se chauffer.

Je me levai, j'allai à la porte et j'appelai l'aubergiste.

Dans ce mouvement, je remarquai un tableau auquel, je dois le dire, je n'avais fait jusque-là aucune attention, et qui me fût resté complètement indifférent dans une position moins précaire que ne l'eût été la nôtre.

Mais l'homme qui se noie, soit dans l'eau, soit dans l'ennui, se raccroche à tout.

Je me noyais dans l'ennui, je me raccrochai au tableau.

J'en approchai, j'allai dire la bougie, fat que je suis ! j'en approchai la chandelle.

C'était une espèce de gouache peinte sur bois de Spa. Elle était enfermée dans un cadre doré autrefois, mais dont la pâte boursouflée avait pris une teinte noirâtre, qu'elle devait à la poussière et à la fumée qui, pendant de longues années, s'étaient fixées sur elle.

Ce tableau représentait un saint Hubert dans les nuages.

Le saint était reconnaissable à son cor de chasse, l'un de ses emblèmes les plus habituels, et surtout à son cerf à la croix lumineuse agenouillé devant lui.

Le saint occupait l'angle droit du haut du tableau.

Le cerf occupait l'angle gauche du bas du tableau.

Le lointain représentait un paysage.

Dans ce paysage, un homme, vêtu d'une veste verte, d'une culotte de velours à côtes et chaussé de grandes guêtres de chasse, fuyait, poursuivi par un animal qui pouvait indifféremment représenter ou un petit âne ou un lièvre gigantesque.

– Ma foi ! messieurs, dis-je, en décrochant le tableau et le déposant sur la table, ce n'est pas bien amusant de deviner des rébus, mais enfin, quand on n'a rien à faire, mieux vaut deviner les rébus que de dire du mal de son prochain.

– Je ne trouve pas, moi, dit Hetzel.

– Eh bien ! dis du mal de ton prochain, et tâche de le bien dire ; le colonel et moi nous allons deviner le rébus.

– Ah ! quant à moi, je vous déclare que je ne devine rien ; devine tout seul.

– Voyons : un lièvre ou un âne qui court après un chasseur, avec la date du 5 novembre 178...

– Bon, dit l'aubergiste en entrant, c'est le tableau de mon grand-père que vous tenez là.

– Comment, demanda Hetzel, vous êtes le petit-fils de saint Hubert ?

– Non, je suis le petit-fils de Jérôme Palan.

– Qu'est-ce que c'est que Jérôme Palan ?

– Jérôme Palan, c'est le chasseur que vous voyez dans le paysage, fuyant à toutes jambes et poursuivi par un lièvre.

– Jusqu'à présent, mon brave homme, nous avions vu des lièvres poursuivis par des chasseurs ; nous voyons aujourd'hui un chasseur poursuivi par un lièvre. Je ne demande pas mieux.

– Vous, parce que vous êtes de composition commode, mon cher ami ; mais moi, il me faut à toute chose la raison du pourquoi.

– Dame ! si c'est le grand-père de notre hôte que ce tableau représente, notre hôte doit connaître l'histoire de son grand-père.

– Qu'il nous la dise, alors.

– Vous entendez, mon brave homme ? Du feu et l'histoire de votre grand-père.

– Je vais d'abord aller vous chercher du bois...

– Parfaitement raisonné.

– Attendu que l'histoire de mon grand-père est longue.

– Et... amusante ?

– Terrible, monsieur.

– Ah ! mon brave homme, dit Hetzel, comme c'est bien là ce qu'il nous faut : du bois, et l'histoire ! l'histoire !

– Vous allez être servis à la minute, messieurs, dit l'aubergiste.

Et, en effet, il sortit, mais pour reparaître, cinq secondes après, avec une charge de bois, dont le sixième à peu près fut déposé sur le feu et le reste mis en réserve dans l'angle de la cheminée.

– Ainsi, dit notre hôte, vous voulez absolument que je vous raconte l'histoire à laquelle ce tableau de famille fait allusion ?

– Avez-vous quelque chose de plus amusant à nous offrir ? demanda Hetzel.

L'aubergiste parut chercher un instant dans son esprit.

– Non, dit-il, ma foi non !

– Eh bien alors, narrez, mon ami.

– Narrez, dit le colonel.

– Narrez, répétai-je après eux.

L'aubergiste commença.

1

– SI JAMAIS, dit l'aubergiste, vous écrivez ou racontez à votre tour cette histoire, vous pourrez l'intituler :

Le Lièvre de mon grand-père

– Peste ! je n'y manquerai pas, répondis-je au digne homme ; par le temps qui court, où souvent on se préoccupe plus du titre que du roman, ce titre-là en vaut bien un autre. Nous vous écoutons, mon cher ami.

Nous fîmes tous silence, comme trois mille ans auparavant avaient fait les auditeurs d'Énée.

L'aubergiste commença.

– Mon grand-père, sans être riche, exerçait une profession qui est lucrative, ou qui, s'il faut en croire certain proverbe, passe pour l'être : il était ce que l'on appelle aujourd'hui pharmacien, et ce que l'on appelait autrefois apothicaire.

Autrefois correspondra, si vous le voulez bien, à l'année 1788.

Il habitait la petite ville de Theux, située à six milles de Liège.

– Trois mille habitants, interrompit Hetzel ; nous la connaissons comme si nous l'avions bâtie, allez.

Le narrateur reprit :

– Son père exerçait la même profession que lui, et comme mon grand-père était fils unique, il avait laissé à ce fils une boutique parfaitement achalandée et quelques milliers de francs qu'il avait amassés à acheter des herbes pour du cuivre et à les revendre pour de l'argent, car un remords me prend, et je dois dire que mon aïeul n'était pas précisément apothicaire, mais herboriste.

Mon grand-père eût pu bien certainement arrondir cette somme en lui faisant faire la boule de neige, mais il avait deux abominables défauts.

Il était chasseur et savant.

– Holà ! maître ! m'écriai-je, faites attention à ce que vous dites. Personne de nous n'a la prétention d'être savant, Dieu merci ! mais nous avons tous celle d'être chasseurs.

– Vous m'excuserez, monsieur, reprit l'aubergiste ; et si vous m'aviez laissé achever ma phrase, ou plutôt la compléter par quelques mots, vous m'eussiez vu établir ce fait, que l'amour de la chasse est une vertu chez l'homme qui n'a rien à faire, puisque, n'ayant rien à faire, il pourrait faire du mal à ses semblables, au lieu d'en faire aux animaux ; mais que c'est un grand vice, un abominable vice, le plus fatal de tous les vices, pour l'homme que le travail de ses mains doit nourrir.

Or, ces deux vices produisirent chez mon grand-père un double résultat :

L'un tua son corps, – la science.

L'autre perdit son âme, – la chasse.

– Voyons, dis-je, cher hôte, il ne s'agit pas de s'improviser romancier pour venir avancer de pareilles théories, ou, quand on les avance, on les explique.

– C'est ce que j'allais faire cette fois encore, monsieur, si vous ne m'aviez pas interrompu.

– Mais, tais-toi donc, animal ! dit Hetzel. Nous étions dans cette douce période qui précède le sommeil, quand le changement d'intonation nous a réveillés. Continuez, mon brave homme, continuez.

– Si cependant ces messieurs préfèrent dormir ? répliqua l'aubergiste, plus piqué encore de l'interruption de Hetzel que de la mienne.

– Mais non ! mais non ! me hâtai-je de répondre. Ne faites pas attention à ce que dit mon camarade ; il appartient à une classe particulière de nos compatriotes que les naturalistes ont rangée dans une catégorie spéciale, *genus humo, species blagueur.* Continuez, nous vous écoutons. Vous en étiez à la mort du corps et à la perte de l'âme de votre grand-père.

Le narrateur avait bonne envie de s'arrêter là.

Cependant, sur mon insistance, il reprit :

– Je disais donc qu'à force de lire, mon grand-père douta de tout, même des saints, même de Dieu, et qu'à force de chasser, il entama la petite fortune que ma pauvre grand-mère amassait ou plutôt conservait avec tant de soin ; car, nous l'avons déjà dit, la meilleure part de cette fortune venait de mon aïeul.

Au fur et à mesure que mon grand-père s'enfonçait dans l'irréligion, – plus il étudiait, plus il devenait savant, et plus il s'y enfonçait, – le malheureux état de son âme se manifestait au-dehors par des signes visibles.

D'abord il défendit à ma grand-mère d'aller à la messe les autres jours que le dimanche, et encore ne lui permit-il que la messe basse.

Il l'invita à parler de qui elle voudrait dans ses prières, excepté de lui, prétendant qu'aux grands du ciel comme aux grands de la terre, il faut, autant que possible, faire oublier son existence, attendu que le plus souvent ils ne se souviennent de nous que pour nous faire du mal.

Ensuite il défendit à elle et à ses enfants de s'agenouiller le soir autour de son lit et de faire la prière en commun, comme, depuis un temps immémorial, il était dans les habitudes patriarcales de la famille de le faire.

Enfin on n'eut plus la liberté, quand tintait la sonnette de l'extrême-onction, de sortir, de se mettre à la suite du saint sacrement et de l'accompagner dans la maison où il était appelé par la religion des fidèles, qui croyaient qu'il n'existe de bonne mort que dans les bras du Seigneur.

Pendant quelque temps, il est vrai, mon grand-père permit encore qu'au tintement sacré, la grand-mère et ses deux enfants, qui étaient mon père et ma tante, sortissent et s'agenouillassent sur le seuil de la porte, tandis que le saint sacrement passait.

Mais bientôt cette dernière démonstration religieuse leur fut elle-même interdite.

Il est vrai que mon grand-père était si souvent dehors, sortait de si bonne heure et rentrait si tard, les dimanches surtout, que ma grand-mère était parfaitement libre ces jours-là d'entendre, non seulement la messe basse, mais la grand-messe, les vêpres et le salut, et, les autres jours, de suivre le saint sacrement partout où il allait.

Elle ne manquait pas de le faire, comme vous le comprenez bien, car elle espérait qu'elle serait pardonnée par le Seigneur à cause de la bonne intention.

Mais tout en accomplissant ces actes de piété, comme sa crainte pour son époux était grande, elle ne manquait pas de dire aux voisines :

– Ne dites pas à mon mari que je suis sortie pour aller à la messe ou pour suivre le saint sacrement.

Et à ses connaissances qu'elle trouvait dans l'église ou dans la maison mortuaire :

– Ne dites pas à Jérôme que vous m'avez vue ici.

De sorte que cette recommandation, faite dans la vue de la paix intérieure, paix à laquelle ma grand-mère eût tout sacrifié, donnait à toute la ville de Theux la mesure des sentiments religieux ou plutôt des sentiments irréligieux de mon grand-père.

– Pas mal ! pas mal ! murmura Hetzel ; un peu prolixe, mais si nous imprimons cela, nous ferons d'habiles coupures.

– Tiens, lui dis-je, ton malheur à toi, cher ami, c'est d'avoir lu les livres que tu imprimais, et de ne pas t'en être rapporté à l'étiquette du sac.

Quant à moi, je trouve l'histoire charmante ; et vous, colonel ?

– Oui, dit le colonel ; cependant je voudrais voir le narrateur entrer dans le sujet.

– Ah ! colonel, pour un guerrier, pour un faiseur de sièges, pour un preneur de villes, ne savez-vous donc pas que c'est un hasard quand les citadelles s'emportent par une escalade, par un coup de main ? Que diable ! avant d'ouvrir la tranchée, il faut ouvrir des parallèles, creuser des boyaux. Eh bien ! mais notre hôte creuse ses boyaux, trace ses parallèles !

Rappelez-vous que le siège de Troie a duré neuf ans, et celui d'Anvers trois mois. Continuez, maître, continuez.

Malgré mon encouragement, mon hôte secoua la tête ; et comme il tenait sans doute à me montrer clairement le peu de cas qu'il faisait de mes compagnons comme auditeurs :

– Oui, monsieur, me dit-il, je continue ; mais vous pouvez bien vous vanter que c'est pour vous, et pour vous seul.

Et il appuya sur ce dernier mot, comme pour ne laisser aucun doute à mes compagnons.

Après quoi il continua en effet :

– J'ai dit que les absences de mon grand-père, qui s'étaient peu à peu étendues des dimanches aux autres jours de la semaine, laissaient toute facilité à ma grand-mère de demeurer bonne chrétienne, malgré les injonctions de son mari.

Mais si elles ne portaient point atteinte à la vie future et spirituelle de leurs âmes, ces absences faisaient un tort inouï à la vie matérielle et présente.

D'abord, mon grand-père n'avait consacré à la chasse que le dimanche, et jusque-là, pourvu qu'il ne chassât pas sur les terres du prince-évêque, ou sur celles des seigneurs de Theux ou des environs, personne n'avait rien à dire, et en effet personne ne disait rien.

Mais bientôt mon grand-père posa cet axiome, que ce n'était pas trop (puisqu'il restait assis dans son magasin les six autres jours de la semaine) de se donner un peu de distraction, non seulement le dimanche, mais encore le jeudi.

En vertu de cet axiome, que personne, pas même ma grand-mère, ne chercha à contester, le jeudi fut adjoint au dimanche.

Puis le mardi.

Puis enfin les autres jours, comme entraînés à la suite des premiers, passèrent par le laminoir de cette affreuse passion.

De sorte qu'il arriva un moment où, au lieu que ce fût un jour que mon grand-père allât à la chasse, et six jours qu'il restât à la maison, ce fut un jour qu'il resta à la maison et six jours qu'il alla à la chasse.

Et encore le septième jour finit-il par y passer comme les autres.

De manière que mon grand-père se détacha de plus en plus, non seulement de ses devoirs envers Dieu, mais encore de ses devoirs envers sa femme et ses enfants.

Car non seulement il passait les journées dans les bois, dans les champs, dans les marais, bravant la pluie, les tempêtes et les neiges, qui, dans nos pays, sont plus terribles que les tempêtes, mais encore les soirées, au lieu de rentrer à la maison, de se réchauffer au coin du feu, de se restaurer à la table de la famille ; les soirées, il les passait à boire au cabaret, à trinquer avec ses compagnons et à raconter ses prouesses au premier venu.

Et il racontait, non seulement ses prouesses de la veille, non seulement ses prouesses du jour, mais encore celles qu'il comptait faire le lendemain.

Et ces veillées, arrosées d'abord de bière, puis de vin du pays, puis de vin du Rhin, se prolongèrent de telle façon, qu'il arriva souvent qu'il ne rentrait même plus à la maison pour donner de ses nouvelles à ma grand-mère et à ses enfants.

Il repartait le lendemain au point du jour, quelquefois même avant, de l'auberge où il était entré la veille au soir.

Mais comme les malheurs s'enchaînent les uns aux autres et que les passions ont en elles, non seulement le germe du mal, mais encore ses développements, voici ce qui arriva tout naturellement.

Nous avons établi que personne n'avait rien à dire tant que mon grand-père ne sortait que le dimanche et ne chassait que sur les terres où il avait le droit de chasser.

Mais vous avez vu que peu à peu il était sorti tous les jours, et même qu'à force de sortir, il en était venu à ne plus rentrer.

Bientôt il arriva bien pis.

– Diable ! diable ! diable ! murmura Hetzel, qu'arriva-t-il ? Je commence à trouver que l'histoire est du plus haut intérêt. Et toi, colonel ?

– Tais-toi donc, maudit bavard, dit le colonel ; si l'intérêt faiblit, c'est grâce à tes éternelles interruptions ; Télémaque lui-même n'y résisterait pas. Continuez, mon brave, continuez.

Je joignis mes instances à celles du colonel, et notre hôte continua.

2

– IL ARRIVA que mon grand-père chassa tant, chassa tant, que le gibier commença à devenir rare, rare sur les terres et dans les bois de la commune où il avait permission, et dans les propriétés particulières où on le tolérait.

Aussi, peu à peu en arriva-t-il à faire des excursions dans les domaines seigneuriaux qui les entouraient.

Excursions timides d'abord, et qui se bornèrent à des affûts, à des pointes dans les lisières et à d'autres bagatelles semblables.

Or, dans le temps où vivait mon grand-père, ces sortes de bagatelles étaient déjà des tentatives plus que hasardeuses. La justice ne plaisantait pas avec les délits de chasse ; les seigneurs étaient encore tout-puissants, leur volonté faisait jugement, et ils vous envoyaient, sans broncher, un pauvre diable aux galères pour un lapin. Mais comme mon grand-père était ce que l'on appelle un bon vivant, qu'il avait toujours dans sa cave, à côté d'une tonne de lambic ou de faro, une barrique de vin du Rhin, et, sur sa table, à côté de son verre plein, un verre vide qui n'attendait qu'un camarade pour se remplir et se vider à son tour ; comme il n'était jamais plus heureux que lorsqu'un des gardes du voisinage venait s'asseoir à côté de lui sous la haute cheminée et trinquer en devisant de faits de chasse, ceux-ci ne lui étaient ni durs ni sévères. Autant qu'il était en leur pouvoir, ils fermaient les yeux sur ses méfaits, et quand ils entendaient la détonation de son fusil ou l'aboi de ses chiens d'un côté, ils allaient de l'autre.

Cependant, comme il n'y avait pas de règle sans exception, il y avait une exception, parmi les forestiers, à cette bienveillance générale que l'on portait à mon grand-père.

Un des gardes du seigneur-évêque ne pouvait le souffrir.

Il s'appelait Thomas Pichet.

D'où venait cette haine ?

D'une de ces antipathies instinctives dont on ne peut pas plus se rendre compte que de certaines sympathies.

– Oui, dit Hetzel, c'est ce que nous autres savants appelons la force centrifuge et la force centripète.

– Plaît-il, monsieur ? demanda l'aubergiste.

– Rien, rien ; continuez, mon ami.

L'aubergiste reprit :

– Il se nommait Thomas Pichet.

Tout enfants qu'ils étaient et si enfants qu'ils fussent, le petit Thomas et le petit Jérôme n'avaient jamais pu se souffrir. À l'école, ils se battaient comme deux coqs de combat ou comme deux dogues de barrière ; et comme ils étaient de force égale, quoique de complexion différente, ces combats n'avaient de fin que lorsque la force manquait aux combattants.

Peut-être, au reste, cette antipathie dont nous avons parlé tenait-elle plus encore à des dissemblances physiques qu'à des oppositions morales.

Thomas était court, roux, trapu.

Jérôme était grand, brun et mince.

Thomas louchait légèrement, était plutôt laid que beau.

Jérôme avait les yeux exactement pareils, et était plutôt beau que laid.

Thomas avait été amoureux de ma grand-mère.

Ma grand-mère avait épousé Jérôme.

Toutes ces circonstances et une foule d'autres avaient donc amené entre Jérôme et Thomas une véritable haine.

Cependant, devenus hommes, ils étaient devenus plus raisonnables, mon grand-père surtout.

Cela tenait à ce qu'en toute circonstance, tantôt le hasard, tantôt la bonne éducation, lui avaient donné la supériorité sur son rival.

Enfin Thomas s'était lassé de cette supériorité qui l'écrasait, et avait quitté le pays.

Il était passé garde dans le Luxembourg, justement dans le pays où nous sommes.

Mais le malheur voulut que le seigneur chez lequel il servait en cette qualité mourut.

Le malheur voulut encore qu'un de ses camarades lui écrivît qu'une place pareille à celle qu'il venait de perdre était vacante chez le prince-évêque.

Enfin le malheur voulut toujours qu'ayant demandé cette place, il l'obtint et revint habiter Franchimont, qui, comme vous le savez ou ne le savez pas, est à peu de distance de Theux.

De sorte que Jérôme et Thomas se retrouvèrent voisins.

On verra plus tard si la haine s'était éteinte dans le cœur de mon grand-père. Mais dès ce moment, je crois pouvoir dire, sans crainte de nuire à l'intérêt de la narration, qu'elle était plus vivante que jamais dans le cœur de Thomas Pichet.

Aussi, apprenant par la voix publique que mon grand-père était devenu aussi grand chasseur devant Dieu que feu Nemrod, et qu'entraîné par une passion désordonnée pour la chasse, il fermait presque toujours les yeux lorsqu'il se trouvait en face des fossés ou des bornes qui servaient à marquer la limite des biens de la commune et le commencement des terres des seigneurs, il se promit, à la première occasion qui lui en serait fournie par mon grand-père, de lui prouver que si deux montagnes ne se rencontrent pas, il n'en est pas de même de deux hommes.

Mon grand-père ignorait la chose. Quand il avait appris que Thomas Pichet revenait dans le pays, il en avait éprouvé une vive contrariété ; puis, au bout du compte, comme il était brave homme au fond, la première fois qu'assis à une table, en face d'une bonne bouteille de vin, il avait vu passer Thomas Pichet, il s'était levé, et allant à la porte :

– Hé ! Thomas ! avait-il dit.

Thomas s'était retourné, et devenait pâle comme un mort :

– Quoi ? avait-il demandé.

Jérôme était rentré, avait rempli deux verres, et, revenant sur le seuil de la porte, un verre à chaque main :

– Le cœur t'en dit-il, Thomas ? avait-il demandé.

Mais Thomas avait répondu en secouant la tête :

– Pas avec toi, Jérôme. – Et il avait passé.

Mon grand-père était venu reprendre sa place, avait bu les deux verres l'un après l'autre, et avait secoué la tête en disant :

– Ça finira mal, Thomas ; ça finira mal !

Hélas ! pauvre grand-père, il ne croyait pas dire si juste !

On comprend qu'avec la disposition d'esprit des deux individus, l'un comme chasseur, l'autre comme garde-chasse, une catastrophe ne pouvait manquer d'éclater un jour ou l'autre.

C'était l'avis de tout le monde, et encore éclata-t-elle plus vite qu'on ne s'y attendait.

Nous avons dit que, grâce aux sympathies des gardes du prince-évêque de Liège et des seigneurs des environs, tous les petits méfaits de mon grand-père étaient restés impunis.

Mais cette impunité l'enhardit au point qu'il ne se contenta plus de pénétrer dans les seigneuries ou principautés riveraines quand ses chiens l'y entraînaient, mais qu'il en arriva, lorsqu'il faisait buisson creux dans les bois de la commune, à aller bravement attaquer le gibier jusque dans les propriétés du prince-évêque, trouvant un malin plaisir à braver du même coup l'autorité spirituelle et temporelle du prélat souverain.

Vous comprenez que les choses ne pouvaient durer ainsi.

Or, un jour que monseigneur chassait avec de jeunes seigneurs et de belles dames dans ce qu'on appelle les haies de Franchimont, – les princes-évêques de Liège avaient toujours été des princes fort galants, – monseigneur l'évêque se trouva être de très maussade humeur, malgré la belle compagnie, et peut-être même à cause de la belle compagnie dans laquelle il se trouvait.

Et cette mauvaise humeur, on va le voir, était suffisamment justifiée par les circonstances.

Les chiens de monseigneur le prince-évêque avaient pris change trois fois dans la matinée.

La première, d'un dix-cors sur une deuxième tête.

La seconde, de la deuxième tête sur une biche.

Enfin, – il y a des jours de malheur, – ils avaient laissé la biche se forlonger.

On sonnait la retraite manquée, et le prélat, qui avait promis à sa compagnie le spectacle d'un hallali, était furieux.

Tout à coup, et au moment où l'on tournait bride pour regagner le palais, un magnifique dix-cors traversa d'un bond l'allée que les chasseurs désappointés suivaient l'oreille basse.

– Ah ! voyez donc, monseigneur, cria une des dames en calmant de la voix et de la main son cheval, que la brusque irruption du cerf avait fait cabrer ; voyez donc, on dirait le cerf du lancer.

– Par saint Hubert, madame, répondit l'évêque, non seulement vous êtes une admirable écuyère, car toute autre que vous eût été désarçonnée par un pareil écart, mais encore une habile chasseresse. Champagne, voyez donc si c'est notre dix-cors.

Le piqueur interpellé était en train de coupler les chiens lorsqu'il reçut cette invitation du prince-évêque. Il appela un de ses camarades, lui remit les laisses et se courba sur les fumées de l'animal.

– Ma foi ! oui, monseigneur, dit-il, c'est lui-même.

– Vous êtes sûr ?

– Parfaitement sûr ; j'avais fait remarquer à Votre Grandeur qu'il avait la pince usée jusqu'au talon, et voilà bien mon affaire ; voyez plutôt.

Le prince poussa son cheval vers l'endroit indiqué et se pencha pour examiner la passée de l'animal.

C'était bien le même.

Tout à coup il releva la tête et prêta l'oreille.

– Mais, Champagne, dit-il, ce cerf est chassé.

En effet, la brise commençait d'apporter jusqu'à la troupe de chasseurs le bruit d'un aboi lointain.

– Ce sont quelques-uns de nos chiens qui rabâchent, dit un novice.

– Point du tout, point du tout, dit l'évêque ; ce sont des chiens qui chassent, pardieu ! bel et bien.

Les piqueurs écoutèrent, se regardèrent et échangèrent un signe.

– Eh bien ! qu'est-ce ? demanda l'évêque.

– Ce sont, en effet, des chiens, non pas qui rabâchent, mais qui sont en pleine voie.

– À qui ces chiens ? demanda le prince-évêque, pâlissant de colère.

Tout le monde se tut.

– Morbleu ! continua-t-il, voyant qu'on ne lui répondait pas, je voudrais bien savoir qui se permet de chasser sur mes apanages.

– D'ailleurs, nous verrons bien, continua l'évêque, où le cerf a passé les chiens passeront.

Puis, comme il se faisait un mouvement parmi les gardes forestiers, et que l'un d'entre eux, justement un des amis de mon grand-père, s'apprêtait pour rentrer dans le bois :

– Que personne ne bouge ! dit le prince-évêque en fronçant le sourcil.

Personne ne bougea.

On attendit.

– Vous avez déjà deviné, n'est-ce pas, messieurs, dit l'aubergiste en s'interrompant, que ces chiens qui chassaient le dix-cors dont les chiens du prince-évêque avaient perdu la piste, étaient les chiens de mon grand-père ?

– Notre intelligence va jusque-là, répondit Hetzel. Continuez, mon cher ami.

Et l'aubergiste continua.

3

L'AUBERGISTE continua ainsi :

– Disons quelques mots des chiens de mon grand-père, qui vont jouer un si grand rôle dans l'histoire que j'ai l'honneur de vous raconter.

C'étaient d'admirables chiens, de magnifiques bêtes, dont chacune valait son pesant d'or, au manteau d'un noir de jais, au poitrail et au ventre couleur de feu, au poil sec et dur comme celui d'un loup, à la patte longue, mince et sèche ; des chiens qui chassaient un animal, lièvre, daim ou cerf, huit ou dix heures de suite, qui, par un bon temps, ne faisaient jamais un défaut, et qui, quand la voie était fraîche, eussent tenu tous les quatre sur cette table.

Enfin, des merveilles de chiens, comme je vous en souhaiterais, messieurs, si l'on en rencontrait encore comme ceux-là.

Bientôt ils apparurent, et, sans le moins du monde s'embarrasser de l'évêque, de sa compagnie et de sa meute, ils sautèrent du taillis dans le chemin, flairèrent la place où le cerf avait posé ses pieds et s'enfoncèrent dans le taillis opposé en redoublant leurs abois.

– À qui ces houzets ? s'écria monseigneur.

Les gardes se turent comme s'ils ne connaissaient ni les chiens ni le maître.

Par malheur, Thomas Pichet était là.

Il pensa que le moment était bon de satisfaire sa rancune contre mon grand-père, tout en faisant sa cour à monseigneur.

– À Jérôme Palan, l'apothicaire de Theux, monseigneur, répondit-il.

– Qu'on tue les chiens, dit le prince-évêque, et que l'on garrotte le maître !

L'ordre était précis ; il n'y avait pas deux façons de le comprendre.

– Bon, dit Pichet à ses camarades, chargez-vous du maître, moi, je me charge des chiens.

Quoique cela fît gros cœur aux braves forestiers d'arrêter Jérôme Palan, ils préférèrent la mission que leur déférait Thomas Pichet à celle qu'il se réservait à lui-même.

Et, en effet, pas un qui ne sût que mon grand-père garderait une bien autre rancune à celui qui tirerait sur ses chiens qu'à ceux qui l'arrêteraient et qui même tireraient sur lui.

Ils tournèrent donc les talons et s'enfoncèrent dans le taillis à droite, tandis que Thomas Pichet, s'enfonçant dans une haie à gauche, partait à toutes jambes dans la direction qu'avaient suivie les chiens de son ennemi.

Les gardes se consultèrent un instant lorsqu'ils furent hors de la portée de la vue du prince-évêque.

Ils étaient cinq en tout.

Trois qui étaient célibataires.

Deux qui étaient mariés.

Les trois garçons furent d'avis de prévenir mon grand-père au lieu de l'arrêter. Mon grand-père, prévenu, gagnerait au pied, et ils diraient qu'ils ne l'avaient pas vu, et que sans doute les chiens s'étaient échappés du chenil et chassaient seuls.

Mais les deux hommes mariés secouèrent la tête.

– Eh bien, quoi ? dirent les autres.

– Que le prince-évêque sache cela, et nous perdons nos places, en supposant même qu'il ne nous arrive pas pis que cela.

– Mieux vaut s'exposer à perdre sa place et même à aller en prison, répondirent les gardes célibataires, que de dénoncer un bon camarade comme Jérôme Palan.

– Nous avons femme et enfants, objectèrent les hommes mariés.

Il n'y avait rien à répondre à cela. Le salut de la femme et des enfants passe avant celui des étrangers.

Malgré la bonne volonté des trois célibataires, la raison des hommes mariés l'emporta donc.

Mon grand-père, une fois cette résolution prise, ne fut pas difficile à rejoindre, car il avait l'habitude de toujours suivre ses chiens, trouvant, disait-il, plus d'occasions de tirer en agissant de la sorte, qu'en prenant les devants.

Les gardes n'avaient pas fait trois cents pas, qu'ils se trouvèrent nez à nez avec lui, et force leur fut, à leur grand regret, célibataires comme hommes mariés, de l'empoigner, de le désarmer, de le garrotter et de l'entraîner du côté de Liège.

Pendant ce temps, Thomas Pichet courait comme un homme à qui le diable souffle un mauvais conseil.

Lui, tout au contraire de Jérôme Palan, avait résolu de prendre les devants. Guidé par la voix des chiens, il était allé se poster, en conséquence, sur le versant d'un petit monticule surmonté d'un moulin.

C'était une passée bien connue. D'ailleurs, il reconnut sur la terre la trace toute fraîche du cerf ; il n'y avait pas de doute que les chiens ne suivissent le même chemin.

Il s'abaissa derrière une haie.

À la voix rapprochée des chiens, Thomas comprit qu'il était temps. Ils commençaient à malmener le dix-cors, tout dix-cors qu'il était, et il était probable qu'avant une heure ils l'eussent forcé.

Les voix s'approchaient toujours. Jamais, à l'affût d'un gibier quelconque, le cœur n'avait battu à Thomas Pichet comme il lui battait en ce moment.

Les chiens parurent.

Thomas ajusta celui qui tenait la tête, et fit feu.

Du premier coup, il abattit Flambeau.

Du second, Ramette.

Flambeau était le meilleur des chiens de mon grand-père, Ramette était la lice.

Les deux autres étaient deux chiens, Ramoneau et Spiron.

Thomas avait méchamment tué la chienne, de préférence à tout autre, pour que mon grand-père ne pût plus jamais avoir de la même race.

Ce bel exploit consommé, Thomas laissa Flambeau et Ramette gisant sur le sol, et tandis que Ramoneau et Spiron continuaient de chasser le cerf, il regagna sa demeure.

Les autres gardes, comme nous l'avons dit, avaient arrêté mon grand-père et le conduisaient à Liège, où étaient les prisons seigneuriales, et, chemin faisant, ils causaient non pas comme un prisonnier avec ses gendarmes, mais comme de bons amis qui regagneraient la ville après une promenade dans les bois.

Au reste, mon grand-père semblait complètement oublieux de sa situation personnelle et, chemin faisant, il ne se préoccupait que de ses chiens et du cerf qu'ils chassaient.

– C'était, par ma foi ! un bel animal, disait-il au garde Jonas Deshayes qui marchait à sa gauche, une noble tête et bien faite, je vous le dis, pour tenter un chasseur.

– Oui, mais plût au ciel qu'elle vous eût tenté un autre jour qu'aujourd'hui, monsieur Palan ! répondit Jonas. Comment diable êtes-vous donc venu vous fourrer dans la gueule du loup ? N'avez-vous donc pas entendu nos chiens qui chassaient ?

– Bon ! dit mon grand-père, ils chassaient si mal, vos malheureux briquets, que je les ai pris pour des chiens de bergers ralliant un troupeau. Écoutez, écoutez. À la bonne heure ! voilà ce qui s'appelle chasser !

Et mon grand-père écoutait avec ravissement le bruit de ses chiens, qui menaient le cerf que c'était merveille.

– Voyons, franchement, comment cela s'est-il fait ? demanda le garde de droite, qui se nommait Luc Thévelin.

– Vous voulez le savoir ? demanda mon grand-père.

– Oui, répondirent les gardes, cela nous fera plaisir.

– Eh bien ! voilà les faits. Mes chiens menaient un lièvre ; moi, je l'attendais blotti dans un fossé. Tout à coup, je vois venir votre dix-cors ; à cent pas de moi, il entre dans le taillis. Dix minutes après, je l'en vois sortir chassant devant lui à grands coups d'andouillers un pauvre daguet qu'il forçait de se donner à sa place à vos chiens. C'était un vieux rusé, comme vous voyez, que votre dix-cors. Pendant que le daguet allait se faire chasser à sa place, lui allait prendre la sienne à la reposée. Ma foi ! cela m'a semblé amusant de ne pas laisser jouir ce drôle-là du fruit de sa ruse. J'ai été enlever mes chiens et je les ai mis sur sa piste. Ah ! eux n'ont pas fait fausse voie comme les vôtres. Il est vrai que Flambeau tenait la tête. Sais-tu, Thévelin, qu'il y a trois heures qu'ils le chassent ? Tiens, les entends-tu, les entends-tu ? Quelle gorge !

– Pardieu ! dit Jonas, c'est connu que ce sont les meilleurs chiens du pays ; mais c'est égal, voilà une affaire qui va vous les manger, monsieur Palan. Mauvaise affaire ! mauvaise affaire !

Mais mon grand-père n'écoutait pas Jonas Deshayes, il écoutait ses chiens.

– Oh ! ils ne le lâcheront que quand il sera forcé. Les entends-tu, Jonas ? les entends-tu, Luc ? Ils sont sur Royaumont. Bravo, Flambeau, bravo, Ramette ! brave, Ramoneau ! bravo, Spiron ! Tayaut ! tayaut !

Et mon grand-père, oubliant qu'il était prisonnier, se frottait les mains en sifflant de toute la vigueur de ses poumons son plus joyeux bien-aller.

Dans ce moment-là, on entendit deux coups de fusil.

– Tiens, dit mon grand-père, voilà vos chasseurs qui n'ont pas la patience d'attendre l'hallali et qui envoient du plomb au dix-cors.

Puis, comme on continuait d'entendre aboyer les chiens :

– Ah çà ! dit mon grand-père, quelle est donc la mazette qui vient de tirer et qui a manqué un pareil animal ? Je lui conseille de tirer la première fois sur un éléphant.

Les gardes se regardèrent avec inquiétude, car eux se doutaient d'où venaient les deux coups de fusil.

Tout à coup la figure de mon grand-père changea d'expression et devint soucieuse.

– Luc, Jonas ! s'écria-t-il en s'adressant à ses deux voisins, combien entendez-vous de chiens ?

– Je ne sais, répondirent-ils ensemble.

– Attendez donc, attendez donc, fit-il en les arrêtant, je n'en entends plus que deux, moi, Ramoneau et Spiron. Où est donc Flambeau ? Où est donc Ramette ? Oh ! oh !

– Vous les confondez les uns avec les autres, maître Jérôme, dirent les deux gardes.

– Moi ? allons donc ! Je connais la voix de mes chiens comme un amoureux celle de ses maîtresses. Mordieu ! je le répète, il n'y a plus sur le cerf que Ramoneau et Spiron. Serait-il arrivé quelque chose aux deux autres ?

– Allons donc ! maître Jérôme, reprit Jonas, que voulez-vous qu'il leur soit arrivé, à vos chiens ? Vous êtes un grand enfant de dire des choses pareilles. Flambeau et Ramette ont mis bas, ou bien ont pris change sur quelque lièvre qui les a emportés avec lui après leur avoir sauté à la vue.

– Mes chiens, dit mon grand-père, ne mettent bas que quand je les rappelle, entends-tu, Jonas ? et ils ne prennent pas change sur un lièvre quand ils chassent un cerf, le lièvre leur sautât-il non seulement à la vue, mais aux yeux. Bien sûr, il leur est arrivé quelque chose, et c'est à Ramette et à Flambeau encore !

Et mon pauvre grand-père, un instant auparavant si joyeux, se sentit tout prêt à pleurer.

De dix en dix pas, il s'arrêtait et écoutait.

Puis, toujours plus désolé :

– Il n'y a plus, vous avez beau dire, que Spiron et Ramoneau ! s'écriait-il. Que sont devenus les autres, que sont-ils devenus ? je vous le demande.

Ses amis, les gardes, le réconfortaient de leur mieux et essayaient de lui persuader que les deux chiens, ne se sentant plus appuyés, avaient regagné la maison. Mais lui ne se donnait plus même la peine de répondre.

Il se contentait de secouer la tête en disant avec de gros soupirs :

– Je vous dis qu'il leur est arrivé malheur, je vous le dis.

Ce fut ainsi que se fit le trajet de Franchimont à Liège, où les gardes de monseigneur le prince-évêque remirent leur prisonnier entre les mains de la maréchaussée.

On jeta mon pauvre grand-père dans une cellule de huit pieds carrés, située dans la partie du palais qui servait de prison.

La porte se referma sur lui avec un grand bruit de verrous ; mais l'horreur de ce gîte lui eût été bien indifférente s'il eût été rassuré sur le sort de Flambeau et de Ramette.

4

LE LENDEMAIN, tout en pensant encore à ses deux chiens favoris, Jérôme Palan ne tarda pas à sentir tout le poids de son infortune personnelle, et comme il n'avait pas la foi qui donne la résignation, il ne tarda point à y succomber.

Accoutumé à la vie active, habitué au grand air des montagnes, à l'exercice quotidien, à la vie joyeuse et en communauté, il ne put résister à l'isolement de la claustration.

En vain montait-il sur son escabeau, en vain se suspendait-il aux barreaux de sa prison pour humer au passage une bouffée de l'air que le vent lui apportait des Ardennes ; en vain cherchait-il à l'horizon perdu dans la brume, bien loin au-delà de la Meuse, qui se déroulait autour de la ville comme un immense ruban d'argent, ses chers bois de Theux ; en vain s'y transportait-il en imagination ; en vain retrouvait-il dans ses souvenirs leurs fraîches senteurs, leurs cascatelles de lumière perçant le feuillage, les bruits confus des branches agitées par la brise et murmurant dans la nuit, bientôt la sombre réalité soufflait sur ses songes dorés et les chassait comme le vent chasse les feuilles d'automne, et mon grand-père se retrouvant tout à coup dans sa chambre froide et nue, aux murs humides et gris, se désespérait et se lamentait.

Il se désespéra et se lamenta si bien qu'il tomba malade.

Un médecin reçut l'autorisation de le venir visiter.

Par esprit de corps, ce médecin s'intéressa naturellement à un apothicaire.

Il exagéra l'intensité de la maladie et lui fit donner un cachot moins triste que le premier, une nourriture plus abondante que celle qu'il avait eue jusque-là ; et comme mon grand-père s'ennuyait beaucoup, il lui promit de lui apporter des livres clandestinement.

En même temps il entreprit des démarches pour obtenir du prince-évêque que mon grand-père en fût quitte pour une forte amende, et fût, l'amende payée, rendu à la liberté.

Comme, d'après les sollicitations de ma grand-mère, le bourgmestre et les échevins de la ville de Theux avaient présenté la même requête à monseigneur, au bout d'un mois de captivité mon grand-père apprit de son ami le médecin que, moyennant la somme de deux mille florins, il serait libre incessamment.

Une lettre fut promptement écrite à ma grand-mère pour lui apprendre cette heureuse nouvelle et lui enjoindre d'apporter cette somme, qui faisait à peu près le total des économies du ménage.

La lettre disait dans un *post-scriptum*, que plus tôt ma grand-mère viendrait, plus tôt son mari serait libre.

Ma grand-mère répondit par un exprès que le lendemain, à deux heures, elle serait au palais épiscopal.

Cette bonne nouvelle rendit mon grand-père si joyeux, qu'il ne put fermer l'œil de la nuit.

Il allait donc revoir sa maison, retrouver son grand fauteuil au coin de l'âtre, son fusil pendu à la cheminée, ce bon fusil avec lequel il était si rare qu'il manquât son coup ; il allait entendre saluer sa bienvenue par les jappements joyeux de ses chiens que, dans ce moment, il comptait bien retrouver tous les quatre, se rangeant à l'avis de Luc et de Jonas, pensant comme eux qu'ils avaient peut-être bien pris le change, en disant, pour se consoler de leur faute, comme ce président du tribunal de Toulouse au roi Louis XV : *Il n'y a si bon cheval qui ne chope* ; enfin, il songeait aussi, et ce n'était pas sa moindre joie, qu'il allait pouvoir embrasser sa femme et ses enfants.

Mais, si riantes que fussent ses idées, elles n'empêchaient pas que mon grand-père ne trouvât le temps horriblement long ; aussi, pour l'abréger, eut-il la fatale idée de sortir de leur cachette un des livres que le médecin lui avait prêtés et ayant allumé sa petite lampe, il se mit à lire.

Le malheur voulut, si intéressant que fût le livre que mon grand-père lisait, qu'il s'endormît dessus, et cela si profondément, qu'un guichetier, ayant vu de la lumière dans la cellule du prisonnier, put entrer et lui enlever tout doucement, et sans qu'il se réveillât, le volume des mains.

Le guichetier ne savait point lire, et ce fut un malheur de plus.

Il porta le livre au trésorier de monseigneur le prince-évêque, qui avait l'intendance du palais.

Le trésorier trouva le cas grave.

Il remit le volume à monseigneur le prince-évêque, qui, sur la seule inspection du titre, jeta le livre au feu et décida immédiatement que l'apothicaire de Theux payerait double amende, c'est-à-dire l'une pour son délit de chasse, et l'autre pour ses lectures anti-chrétiennes.

Ce n'était plus seulement le sacrifice de sa petite fortune qui était exigé de mon grand-père, c'était celui de sa profession, car, pour réaliser la somme de quatre mille florins, il fallut vendre la pharmacie.

Cela prit du temps.

Pendant ce temps, mon grand-père restait toujours en prison.

Enfin, ma grand-mère, étant parvenue à réaliser cette vente et à en toucher le prix, vint délivrer le pauvre prisonnier, qui, bien qu'il sût à quelle condition la liberté allait lui être rendue, ne l'en trouva pas moins longue à venir, quoique avec elle, et par sa main, elle amenât sa ruine complète.

Et mon grand-père était d'autant plus pressé de sortir, que, depuis qu'il avait été pris en flagrant délit de lecture irréligieuse, il avait été réintégré dans son ancien cachot.

Un jour les verrous de la triste prison grincèrent, la porte massive roula sur ses gonds, et ma grand-mère se laissa tomber dans les bras de son mari.

– Enfin ! enfin ! te voilà donc libre, mon pauvre Jérôme ! cria-t-elle, en couvrant de baisers le visage amaigri de son mari ; tu es libre ! il est vrai que nous sommes ruinés, sans ressource.

– Bah ! répondit mon grand-père tout joyeux, si nous sommes ruinés, je suis libre : je travaillerai, sois tranquille, femme ; et cette fortune que j'ai détruite, eh bien ! je la reconstruirai. Mais hâtons-nous de sortir d'ici, femme, car j'y étouffe.

On compta les espèces au trésorier de monseigneur.

Pendant tout le temps que dura l'opération, Jérôme Palan ne put s'empêcher de le regarder de travers.

Puis il écouta, en frémissant intérieurement de rage, la petite mercuriale dont l'abbé jugea à propos d'accompagner le reçu de l'amende, et une fois ce récépissé entre les mains, prenant le bras de ma grand-mère, il se hâta de sortir de la prison et de quitter la ville.

Chemin faisant, ma grand-mère, sans adresser aucun reproche à son mari, parla beaucoup du dénuement dans lequel allaient se trouver leurs enfants.

Il était facile de voir qu'elle désirait que mon grand-père entrât chez lui bien pénétré de la gravité de la situation et songeât à ne plus donner à un exercice aussi coûteux que la chasse une si large part de sa vie.

Mais mon grand-père, à mesure qu'il se rapprochait de Theux, était de moins en moins à ce que disait sa femme, et, tout préoccupé d'une pensée incessante, semblait l'écouter à peine.

En humant l'air de la rue, auquel avait succédé bientôt celui de la campagne, il avait repris les inquiétudes qu'il avait laissées au seuil de la prison.

C'est-à-dire qu'il tremblait de nouveau qu'il ne fût arrivé quelque chose de fâcheux aux deux chiens qu'il avait cessé d'entendre le jour où les forestiers l'emmenaient captif dans les cachots de Liège.

Et cependant, si inquiet qu'il fût, pas une fois il ne demanda à sa femme des nouvelles de ses chiens.

Seulement, en rentrant au logis, il ne jeta pas un seul coup d'œil sur sa pharmacie vide et sur son laboratoire désert qui, dans quelques jours, après avoir été, de père en fils, plus de cent ans dans la famille, allaient passer aux mains d'un étranger.

Il embrassa ses deux petits enfants, qu'il trouva sur son chemin l'attendant.

Puis, après les avoir arrachés de son cou, où ils s'étaient jetés, il courut droit à son chenil.

Quelques instants après, il rentrait l'œil hagard, les traits bouleversés, le visage pâle comme celui d'un mort.

– Mes chiens ! cria-t-il, où sont mes chiens ?

– Quels chiens ? demanda ma grand-mère toute tremblante.

– Flambeau et Ramette, pardieu !

– Mais ne sais-tu donc pas ?... hasarda ma grand-mère.

– Réponds ! où sont-ils ? les as-tu vendus pour grossir l'escarcelle de ce maudit évêque ? Sont-ils morts ? Réponds !

Mon père, c'était l'enfant gâté, répondit pour ma grand-mère, que la colère de son mari rendait muette de terreur et de désespoir :

– Ils sont morts, papa.

– Morts ! et comment ?

– Ils ont été tués.

Mon père aimait beaucoup Flambeau, avec lequel il jouait d'habitude, de sorte que ce fut en pleurant à chaudes larmes qu'il apprit à mon grand-père la mort de son bon ami.

– Ah ! ils sont morts ! ah ! ils sont tués ! dit mon grand-père en attirant l'enfant sur ses genoux et en le baisant au front.

– Oui, papa, répéta l'enfant, en éclatant en sanglots.

– Mais comment sont-ils morts, mon petit ami ? Qui les a tués ?

L'enfant se taisait.

– Voyons, qui ? s'écria mon grand-père, qui commençait à s'emporter, et qui jusque-là avait à grand-peine conservé une apparence de sang-froid.

– Mon Dieu ! mon pauvre homme, hasarda alors ma grand-mère, je croyais que tu savais que monseigneur avait ordonné qu'on tuât tes chiens.

Mon grand-père devint livide.

– Il a ordonné cela ? dit-il.

– Oui.

– Et qui a osé obéir ?

Tout à coup un éclair passa dans son esprit.

– Il n'y a qu'un homme, dit-il, il n'y en a qu'un au monde qui ait pu commettre une si méchante action.

– Oh ! il le regrette bien, va !

– Ainsi, interrompit mon grand-père, c'est Thomas Pichet ?

– Depuis ce temps, tout le monde dans le bourg, continua ma grand-mère, se détourne de lui comme d'un pestiféré.

– Ah ! l'évêque, je ne sais pas qui me vengera de lui ! s'écria mon grand-père ; mais, quant à Thomas Pichet, c'est moi qui lui réglerai son compte, aussi vrai que je ne crois pas en Dieu !

Ma grand-mère frissonna de la tête aux pieds, encore moins de la menace que du blasphème.

– Oh ! mon homme, mon pauvre ami, mon cher Jérôme, ne dis pas de pareilles choses, je t'en prie, si tu ne veux pas te faire maudire, toi, ta femme et tes enfants !

Mais mon grand-père ne répondit point.

Il s'assit tout pensif à sa place ordinaire.

Il soupa sans demander un seul détail sur un événement qui cependant avait paru lui être bien sensible.

Jamais il n'en reparla depuis.

Dès le lendemain, comme il l'avait promis à sa femme, il se mit à chercher de l'ouvrage.

Or, comme je vous l'ai déjà dit, mon grand-père était un homme très savant ; il n'eut pas de peine à en trouver.

La société Leviez, de Spa, lui confia ses comptes à régler, et comme elle payait largement, l'aisance commença peu à peu de rentrer dans la maison.

5

MAIS LE CARACTÈRE de mon grand-père était bien changé.

Autant il était autrefois gai et insouciant, autant il était devenu triste et morose. Il ne riait jamais, lui, le joyeux rieur ; il ne parlait plus, lui, le conteur interminable ; il rudoyait mon père, lui qui n'avait jamais eu un mot désagréable, même pour un enfant étranger.

Ce n'était point tout. Parfois, et sans aucune raison, il s'emportait en paroles violentes et amères contre l'humanité en général et contre ses voisins en particulier.

Aussi, ceux-ci peu à peu se retirèrent-ils de lui, sans que mon grand-père dît un mot, fît un signe pour les retenir.

Quant à son irréligion, elle avait grandi encore.

Autrefois elle ne se manifestait guère que par

des plaisanteries, par les couplets qu'il chantait à ses soirées de chasse ; il trinquait alors volontiers avec le curé de Theux, et faisait même enrager ma grand-mère, lui disant que c'étaient les beaux yeux de la nièce du pasteur qui l'attiraient au presbytère.

Mais, après sa sortie de prison, il cessa même de saluer M. le doyen.

La vue d'une soutane le mettait en fureur.

S'il passait devant un crucifix et qu'à cause de la chaleur il tînt son chapeau à la main, il le remettait avec affectation sur sa tête, et non seulement il se répandait en invectives contre les ministres du Seigneur, mais encore contre toutes les croyances divines, qu'il attaquait en blasphémant.

Ce qui attristait surtout ma pauvre grand-mère, c'est que comme, depuis son retour à Theux, mon grand-père n'avait pas été une seule fois à la chasse, elle n'avait pas été une seule fois à la messe.

Elle recommandait bien à ses enfants, lorsqu'ils allaient à l'école, ou qu'ils en revenaient, ou qu'ils sortaient simplement jouer, d'entrer à l'église et de prier pour eux, pour elle, et surtout pour leur père.

Les enfants disaient bien qu'ils le faisaient, mais ses inquiétudes n'en étaient pas moins grandes ; ses enfants disaient-ils à Dieu tout ce qu'elle lui eût dit elle-même, si elle eût pu entrer dans son saint temple ?

Il est vrai qu'aussitôt qu'elle était seule à la maison ou dans sa chambre, elle se hâtait de dire au Seigneur toutes les prières qu'elle savait.

Mais ces prières dites ainsi à la maison et à bâtons rompus avaient-elles la valeur qu'elles eussent eue dans une église ?

Aussi ma pauvre grand-mère pleurait-elle sans cesse ; mais elle était forcée de dévorer même ses larmes.

Leur vue, comme celle des robes noires, avait le don d'exaspérer son mari.

– Que me reproches-tu, voyons ? disait-il, quand il la surprenait ainsi. Je travaille, n'est-ce pas ?

– Ce n'est pas cela, mon cher Jérôme, répondait la pauvre femme.

– Tu ne manques de rien, ni tes enfants non plus ?

– Non, Dieu merci ! mais ce n'est pas cela.

– Je ne chasse plus, continuait mon grand-père ; je n'ai pas touché à mon fusil, ni lâché mes chiens depuis mon retour.

– Je le sais, je le sais, disait ma grand-mère ; mais, je le répète, Jérôme, ce n'est pas cela.

– Qu'est-ce donc, alors, et que veux-tu ? Parle, explique-toi clairement. Tu sais bien que je ne te mangerai pas.

– Eh bien ! répondait la pauvre femme, je voudrais que tu ne te fisses pas des ennemis de tous tes anciens amis ; je voudrais que tu reprisses un peu de ta gaieté d'autrefois, quitte à chasser, non pas tous les jours comme tu faisais, le Seigneur nous en garde ! mais les fêtes et les dimanches ; je voudrais enfin, et cela c'est mon suprême désir, je voudrais que tu ne blasphémasses plus ni Dieu, ni les saints.

– Pour ce qui est de nos amis, répondit mon grand-père, je les oblige en me détournant d'eux, car nul d'entre eux ne se soucie de l'amitié d'un homme pauvre.

– Jérôme !

– Je sais ce que je dis, femme ; quant à ma gaieté, elle a été tuée dans les bois de Franchimont, et rien ne peut la ressusciter.

– Mais... murmura ma grand-mère, et elle n'osa achever.

– Oui, je comprends, dit en s'assombrissant Jérôme Palan, tu veux parler de Dieu et des saints.

– Hélas ! mon bon Jérôme, je vois avec douleur...

– La façon dont je parle d'eux, n'est-ce pas ?

La bonne femme fit de la tête un signe affirmatif.

– Eh bien ! reprit mon grand-père, si la façon dont je parle d'eux les contrarie, qu'ils me le fassent savoir eux-mêmes.

Ma grand-mère frémit de la tête aux pieds.

– Pourtant, se hasarda-t-elle à dire, il en est un dans lequel tu avais toute dévotion, au temps jadis, tu te le rappelles ?

– Non, je ne me le rappelle pas, répondit mon grand-père.

– Saint Hubert.

– Bon ! je l'aimais comme mes amis m'aimaient, à cause des bons dîners dont il était le prétexte ; seulement, dans ces dîners-là, c'était moi qui payais l'écot, et quoique l'on ne manquât jamais de boire à la santé du saint, il a toujours oublié, lui, de demander la carte ; aussi j'ai rompu avec lui comme avec les autres.

Puis, avec un mouvement bien visible d'impatience :

– Tiens, femme, continua-t-il, cessons de plaisanter ; je t'aime, toi et nos enfants, mais je n'ai pas besoin d'aimer autre chose, et, en effet, je n'aimerai que vous. Je travaillerai rudement, et c'est doublement méritant, car je n'en avais pas l'habitude ; je travaillerai pour vous faire la vie douce ; mais écoute-moi, c'est à une condition.

– Laquelle ?

– C'est à condition que tu laisseras ma conscience en repos, et que tu ne me rompras plus la cervelle de tes momeries.

Il n'y avait rien à répondre.

Ma grand-mère connaissait son mari.

Elle soupira et se tut.

Mon grand-père alors prit son fils et sa fille sur ses genoux, et se mit à les faire sauter en imitant le mouvement du cheval.

Ma grand-mère releva la tête et le regarda avec étonnement.

Jamais, depuis six mois, son mari n'avait été de si belle humeur.

– Femme, dit-il, voyant l'étonnement de ma grand-mère, c'est demain dimanche, jour de chasse, comme tu le disais tout à l'heure. Eh bien ! sur ce point du moins, tu me verras suivre tes conseils. Quant à la gaieté, que veux-tu ? il faut espérer qu'elle reviendra à son tour.

Et il se frottait les mains.

– Tu vois, tu vois, disait-il, je m'égaye.

Ma grand-mère ne savait point ce que voulait dire cette espèce de surexcitation.

– Tiens, femme, lui dit mon grand-père, donne-moi une goutte de genièvre, il y a longtemps que je n'en ai bu.

Ma grand-mère lui apporta un petit verre pareil à ceux où d'habitude on boit les liqueurs.

– Qu'est-ce que cela ? qu'est-ce que cela ? s'écria mon grand-père ; un verre à vin de Bordeaux ! je veux rattraper le temps perdu.

Et comme sa femme hésitait, il déposa les enfants à terre, se leva et alla chercher le verre, qu'il choisit de la taille qui lui convenait.

Puis il le tendit à sa femme.

Ma grand-mère le lui remplit bord à bord, sur son ordre trois fois réitéré.

– Femme, dit-il, c'est demain dimanche, et de plus, c'est demain le 3 novembre ; par conséquent, c'est demain la Saint-Hubert. Je suis décidé à me conformer entièrement à tes instructions ; en conséquence, je vide ce verre à la santé du saint, à sa gloire éternelle en ce monde et dans l'autre, et nous verrons un peu quel gibier sa reconnaissance nous enverra. Celui-là, femme, quel qu'il soit, nous ne le vendrons pas ; nous le mangerons en famille, n'est-ce pas, les enfants ? Voyons, qu'aimez-vous le mieux, mes mioches ?

– Moi, dit le garçon, je voudrais un lièvre, avec une de ces bonnes sauces au sirop comme maman sait si bien les faire.

– Oh ! oui, oui, papa, dit la petite fille, qui était fort gourmande ; c'est cela, un lièvre au sirop, il y a si longtemps que nous n'en avons mangé !

– Eh bien ! de par le diable ! vous aurez votre lièvre, enfants ! s'écria le grand-père en embrassant les deux mioches, comme il les appelait ; et voilà Liégeois, qui est là-haut, – il montrait son fusil suspendu à la cheminée, – voilà Liégeois, qui saura bien en dénicher un. Tu entends, grand saint Hubert ? un lièvre ! un lièvre ! Il nous faut un lièvre ; les enfants le demandent, et sacrebleu ! j'en rapporterai un, dussé-je aller relancer jusque entre tes deux jambes celui qui y est caché !

En effet, au-dessous du fusil de mon grand-père était un portrait de saint Hubert ayant un lièvre au gîte entre ses jambes.

On comprend que la fin de l'oraison de mon grand-père avait gâté le commencement.

Rentrée dans sa chambre, ma grand-mère se mit à genoux pour réciter sa prière, plus dévotement encore que de coutume.

Mais sans doute l'insolence du blasphème de son mari empêcha le doux murmure qui s'échappait de ses lèvres de monter jusqu'à Dieu.

Le lendemain, fidèle à sa parole, mon grand-père était levé avant le soleil, et, suivi des deux chiens qui lui restaient, c'est-à-dire de Ramoneau et Spiron, il battait la campagne.

Bien qu'on ne fût qu'au 3 novembre, comme aujourd'hui, la terre était couverte de neige.

Les chiens enfonçaient jusqu'au poitrail et ne pouvaient courir.

En outre, comme c'était pendant la nuit précédente que cette neige était tombée, les lièvres n'avaient pas bougé et n'avaient point, par conséquent, laissé de traces.

Mon grand-père alors essaya d'en découvrir au gîte.

Mais quoique d'habitude fort habile à cet exercice, il fit cinq ou six lieues et battit la campagne une partie de la journée sans en apercevoir un seul.

Il rentra donc à la maison le carnier vide.

Il était néanmoins d'assez bonne humeur encore, grâce à ses bonnes dispositions de la veille.

Après souper, il alla renfermer ses chiens, décrocha de nouveau son fusil, embrassa sa femme et ses deux enfants.

– Que vas-tu donc faire, Jérôme ? lui demanda ma grand-mère tout étonnée.

– Ce que je vais faire ?

– Oui, je te le demande.

– Aller à l'affût, femme, n'ai-je pas promis un lièvre aux enfants ?

– Tu le tueras dimanche prochain, Jérôme.

– Je le leur ai promis pour aujourd'hui et non pas pour dimanche prochain, femme. Eh bien ! ce serait joli que je leur manquasse de parole, n'est-ce pas, les petiots ?

Les enfants lui sautèrent au cou en criant :

– Oh ! oui, papa, un lièvre ! un lièvre !

– Un lièvre gros comme Ramoneau, ajouta le garçon en riant.

– Un lièvre gros comme l'ânon de Simone, amplifia la petite fille en riant plus fort.

– Soyez tranquilles, dit Jérôme en les embrassant tendrement, vous aurez votre lièvre : ils vont remuer ce soir, les drôles ! et, au clair de la lune, je les verrai sur la neige, gros comme des éléphants.

Et mon grand-père sortit, le fusil sur l'épaule.

Il sifflait en sortant ce même bien-aller qu'il sifflait le jour où Thomas Pichet lui tua ses chiens.

6

MON GRAND-PÈRE prit le chemin de Remouchamps.

Comme il pensait que, la neige persistant, les lièvres descendraient dans les bas-fonds, il alla se poster entre la vallée qui s'étend de Remouchamps à Sprimont.

Arrivé à un carrefour, il s'arrêta.

La place était bien choisie.

Aujourd'hui un chasseur ne s'y posterait pas, attendu qu'il y a une croix.

Mais à cette époque il n'y avait encore que des buissons.

Il était là depuis un quart d'heure à peu près, et neuf heures venaient de sonner, lorsqu'il entendit, venant dans la direction d'Aywaille à Louveignez, une voix qui chantait un refrain bachique.

– Ah ! diable ! fit mon grand-père, voilà un

drôle qui va effaroucher le lièvre, en supposant qu'il y en ait un dans les environs.

La voix se rapprochait de plus en plus.

Le bruit de la neige qui craquait sous les pas du chanteur arriva bientôt distinctement à l'oreille de mon grand-père, qui ne bougea point de sa cachette.

La lune était dans son plein.

La réverbération de la neige qui couvrait la terre en redoublait l'éclat.

Aussi mon grand-père reconnut-il facilement l'homme qui venait à lui.

C'était Thomas Pichet.

Il était allé faire la veillée chez le magister d'Aywaille et rentrait à Franchimont. Le magister d'Aywaille était le beau-père de Thomas Pichet.

Tant que Jérôme Palan douta encore que ce fût Thomas Pichet qui s'avançait vers lui, il retint son haleine, perçant du regard l'obscurité de la nuit.

Mais lorsqu'il fut bien certain que c'était l'assassin de Flambeau et de Ramette qui allait passer dans ce carrefour près duquel il était embusqué, son cœur battit à lui briser les côtes, son regard commença de se troubler, et il serra convulsivement de ses doigts crispés le canon et le bois de son fusil.

Cependant, au fond, mon grand-père n'était point méchant, et n'avait point le cœur au mal.

Il était donc décidé à laisser passer Thomas Pichet, si Thomas Pichet passait sans rien dire.

Thomas Pichet passa sans rien dire.

Il n'avait pas même aperçu mon grand-père.

Mais le malheur voulut qu'il prît pour s'en aller le même chemin que mon grand-père avait pris pour venir.

Or, il vit les pas de mon grand-père marqués sur la neige.

La trace était fraîche.

Il ne l'avait pas vue de l'autre côté du carrefour.

Il se retourna, aperçut les buissons, et soupçonna un affûteur d'être caché dans ces buissons.

Il en résulta que, désirant savoir quel était cet affûteur, il revint sur ses pas.

En revenant sur ses pas, il revenait sur mon grand-père.

Celui-ci se sentit découvert.

Ne voulant pas donner à son ennemi la satisfaction de le prendre dans sa cachette, il se dressa tout debout.

Thomas Pichet n'avait aucunement pensé à lui.

Mais, du premier coup d'œil, il vit bien à qui il avait affaire.

Alors, agité sans doute par le remords de la méchante action qu'il avait commise, il sembla tout déconcerté.

– Eh bien ! monsieur Palan, dit-il d'une voix presque caressante, nous voilà donc à l'affût ?

Mon grand-père ne répondit pas.

Seulement, il s'essuya le front avec sa manche.

La sueur lui coulait du front.

– J'aime mieux que vous y soyez que moi, continua Thomas Pichet, car la bise est aigre cette nuit à roussir le cuir d'un loup.

– Passez au large ! cria mon grand-père pour toute réponse.

– Comment ! passez au large ? demanda Thomas Pichet. Et pourquoi dois-je passer au large, et de quel droit me l'ordonnez-vous ?

– Passe au large, te dis-je ! répéta mon grand-père en frappant la terre de la crosse de son fusil ; je te dis de passer au large !

– Oui, reprit Thomas, que je passe au large ! Je comprends, je dois passer au large parce que je vous trouve en contravention en vous mettant à l'affût, en faisant le métier de braconnier, en chassant dans la neige.

– Encore une fois, s'écria mon grand-père, passe au large, Thomas Pichet ! C'est un conseil que je te donne, passe au large !

Celui-ci hésita un instant.

Mais sans doute il eut honte de céder.

– Eh bien ! non, dit-il, je n'y passerai pas ! Quand je vous ai reconnu, j'ai été sur le point de m'éloigner, attendu que depuis votre prison vous êtes toqué, à ce que l'on assure, et qu'aux fous comme aux enfants, il faut bien leur passer quelque chose. Mais puisque vous le prenez sur ce ton, je vous arrêterai, monsieur Jérôme Palan, et vous montrerai une seconde fois que je sais faire mon devoir.

Et il marcha droit sur mon grand-père.

– Par le diable ! Thomas, ne fais pas un pas de plus ! Thomas, ne me tente pas ! s'écria mon grand-père d'une voix fiévreuse.

– Bon ! tu crois me faire peur, Jérôme Palan, dit Thomas en secouant la tête, mais je ne suis point si facile à effrayer que cela !

– Pas un pas de plus, je te dis ! s'écria mon grand-père d'une voix qui devenait de plus en plus menaçante ; il y a déjà du sang entre nous, prends garde ! ou la neige boira le tien comme la terre a bu celui de mes pauvres chiens !

– Des menaces ! s'écria le garde ; c'est par des menaces que tu crois m'arrêter !... Oh ! oh ! oh ! il faut autre chose que des menaces et un autre homme que toi pour cela, mon bel ami.

Et faisant tournoyer son bâton sur sa tête, il avança sur mon grand-père.

– Tu le veux ! tu le veux donc ? dit celui-ci, eh bien ! que le sang qui va couler retombe sur celui de nous deux qui sera véritablement coupable !

Et portant rapidement son fusil à son épaule, il fit feu des deux coups à la fois.

Les deux coups n'en firent qu'un seul.

Et encore l'explosion fut-elle si faible que mon grand-père qui, en ce moment, ne réfléchissait pas que la neige avait la propriété d'amortir complètement les sons, crut que l'amorce seulement avait brûlé.

Il saisit donc son fusil par le canon pour s'en faire une massue et recevoir son ennemi.

Tout à coup, il le vit lâcher son bâton, battre l'air de ses mains, pivoter sur lui-même, et tomber la face dans la neige.

Son premier mouvement fut de courir à lui.

Thomas Pichet était mort !

Il était mort sans pousser une plainte.

La double charge lui avait traversé la poitrine.

Mon grand-père resta quelques instants debout, muet, immobile à côté de cet homme dont, en une seconde, il venait de faire un cadavre.

Il pensa alors que Thomas Pichet avait une femme et des enfants qui attendaient son retour.

Il les voyait anxieux, courant au moindre bruit vers la porte, et devant l'immense douleur qu'il prévoyait pour ces innocents, il sentait la haine qu'il avait eue pour Thomas vivant s'effacer et disparaître.

Alors il lui sembla qu'une simple manifestation de sa volonté serait suffisante pour rendre Thomas à la vie, puisque c'était lui qui l'en avait privé.

– Allons ! Thomas, lui dit-il, allons, Thomas, relève-toi !

Il va sans dire que non seulement le cadavre ne se releva point, mais encore ne répondit point une parole.

– Mais relève-toi donc ! dit mon grand-père.

Et il se baissa pour le prendre par-dessous les épaules et l'aider à se relever.

Seulement alors, le sang qui s'échappait de la poitrine du garde, et qui, teignant la neige autour de lui, entourait le corps d'une auréole rougeâtre, seulement alors, ce sang, dis-je, ramena mon grand-père à l'effroyable réalité.

Il pensa à sa femme à lui, à ses enfants, et pour eux, pour ne pas faire deux femmes veuves et quatre orphelins, il désira de vivre.

Mais pour vivre, il fallait dérober à tous les yeux ce cadavre, qui allait attirer sur lui la vengeance des hommes.

Il prit sa course du côté de Theux.

Il longea les haies de la ville, entra dans son jardin en escaladant une muraille, et, sans réveiller personne, après avoir mis son fusil en bandoulière, prit une pioche et une pelle et revint à grands pas vers le carrefour.

En s'approchant du théâtre du meurtre, il tremblait comme si, à côté du cadavre, il devait trouver le juge et le bourreau.

Quand il ne fut plus qu'à une centaine de pas, la lune, qui depuis quelques instants était voilée, se dégagea des nuages bas et sombres dans lesquels elle était ensevelie, et éclaira vivement le tapis blanc qui couvrait la campagne.

Tout était muet, désert, désolé.

Alors mon grand-père, tout frissonnant, ramena son regard sur le carrefour.

À l'endroit qu'il ne connaissait que trop bien, une forme noire se détachait sur le sol.

C'était le cadavre de Thomas Pichet.

7

OR, CHOSE INOUÏE, chose incompréhensible, chose inexplicable, continua l'aubergiste, sur cette masse noire, sur ce cadavre, un objet, un être inanimé, un quadrupède semblait être assis et reposer.

Le pauvre Jérôme Palan était inondé d'une sueur froide.

Ses cheveux se dressaient sur sa tête.

Il se disait à lui-même qu'il était le jouet de son imagination, la dupe d'une hallucination quelconque ; il voulait continuer sa route.

Ses pieds semblaient attachés à la terre.

Cependant les moments étaient précieux.

Pendant cette nuit de la Saint-Hubert, où abondent les réunions de chasseurs, quelqu'un de ces chasseurs pouvait passer et découvrir le cadavre.

Jérôme Palan fit donc un effort surhumain.

Il rassembla tout son courage pour surmonter la terreur qui l'accablait, et fit quelques pas en avant, chancelant comme un homme ivre.

Mais quand il ne fut plus qu'à cinq ou six enjambées du cadavre, les formes confuses de l'objet qu'il apercevait grimpé sur ce corps devinrent plus distinctes.

À ces longues oreilles oscillantes, à ces pattes de devant plus courtes que celles de derrière, il reconnut que c'était un lièvre.

Seulement, ce qui faisait hésiter sa vieille expérience de chasseur, c'est que, non seulement l'animal, qui appartenait à la race des êtres les plus craintifs de la terre, paraissait n'avoir peur ni du mort ni du vivant, mais encore paraissait avoir trois ou quatre fois la taille d'un lièvre ordinaire.

Un vague souvenir lui passa dans l'esprit.

Le petit garçon lui avait dit de lui rapporter un lièvre de la taille de Ramoneau.

La petite fille lui avait dit de lui rapporter un lièvre de la taille de l'ânon de la mère Simone.

Est-ce que, comme dans les contes de fées, le souhait des enfants se trouvait exaucé ?

Tout cela paraissait si absurde à Jérôme Palan, que l'idée lui vint qu'il faisait un rêve, et qu'il se mit à rire.

Mais un écho terrible répondit à ce rire.

C'était le lièvre qui riait de son côté, en se renversant sur ses pattes de derrière, et en se tenant les côtes avec les pattes de devant.

Mon grand-père cessa de rire.

Il se secoua, se regarda, se pinça.

Il était bien éveillé.

Ses yeux se reportèrent sur l'étrange vision.

Elle était toujours présente :

Contre terre, le cadavre couché ;

Sur le cadavre, le lièvre ;

Le lièvre, nous l'avons dit, trois fois gros comme un lièvre ordinaire ;

Le lièvre couvert d'un pelage presque blanc ;

Le lièvre avec des yeux qui, dans l'obscurité, brillaient comme des yeux de chat ou de panthère.

Malgré ces apparences surnaturelles, la certitude qu'il n'avait affaire qu'à un animal d'ordinaire fort inoffensif calma la frayeur de mon grand-père.

Il pensa qu'en le voyant plus près de lui, le lièvre prendrait la fuite.

Il s'approcha donc jusqu'à toucher le cadavre.

Le lièvre tint bon.

Mon grand-père touchait du pied le corps de Thomas Pichet.

Le lièvre ne bougeait pas.

Seulement ses yeux miroitaient plus que jamais aux rayons de la lune, et miroitaient de préférence quand ils rencontraient ceux de mon grand-père.

Mon grand-père se mit à tourner autour du cadavre.

Le lièvre pivota sur lui-même et suivit toutes ses évolutions, de façon que mon grand-père ne pût perdre un seul des regards fascinateurs que lançaient ses ardentes prunelles.

Mon grand-père cria, agita les bras, fit des *brrrrou, brrrrou !* au bruit desquels, fût-ce l'Alexandre, l'Annibal ou le César des lièvres, aucun n'eût tenu dans son gîte.

Tout fut inutile.

Alors la terreur du misérable assassin fut plus profonde que jamais.

Il voulut se jeter à genoux et prier.

Son pied glissa et il tomba sur ses mains.

Il se redressa et tenta de faire au moins le signe de la croix.

Mais, en approchant ses doigts de son front, il s'aperçut que sa main était rouge de sang.

On ne fait point le signe de la croix avec une main sanglante.

Alors cette bonne pensée de s'humilier devant Dieu l'abandonna.

Une fièvre furieuse s'empara de mon grand-père.

Il jeta loin de lui pelle et pioche.

Il arracha son fusil qu'il avait mis en bandoulière, l'arma, ajusta le lièvre et fit feu.

Des milliers d'étincelles jaillirent de l'acier, mais le coup ne partit point.

Mon grand-père alors se rappela qu'il avait déchargé les deux coups sur Thomas Pichet, et, dans sa terreur, avait oublié de les recharger.

Alors il saisit l'arme par le canon, et, la levant sur le lièvre toujours impassible, il lui assena un coup de crosse à toute volée.

L'animal se contenta de faire un bond de côté.

La masse de bois, tombant sur le cadavre, rendit un son mat et sourd.

Puis le grand lièvre se mit de lui-même à décrire des cercles autour du meurtrier et de la victime.

Ces cercles allaient toujours s'élargissant.

Et, chose bizarre, plus l'animal qui les traçait s'éloignait, plus il semblait grandir aux yeux de mon grand-père, qui, incapable de supporter plus longtemps de si terribles émotions, s'évanouit près du cadavre.

8

LORSQUE MON grand-père revint à lui, la neige tombait à flocons épais et serrés.

Il souleva la tête, comme ferait un mort hors de son linceul.

Son premier regard se porta sur le cadavre de Thomas.

La neige qui tombait le couvrait de son blanc suaire. Il avait déjà à peu près disparu, et sous les plis de l'enveloppe on ne faisait plus que deviner à peu près des formes humaines.

Mais, il faut le dire, ce n'était pas dans le cadavre de Thomas Pichet qu'était la plus grande terreur de Jérôme Palan.

C'était dans le grand lièvre blanc.

Par bonheur, il avait disparu.

Mon grand-père, voyant que de ses deux ennemis le plus terrible n'était plus là, se releva comme mû par un ressort.

Il avait déjà renoncé à ensevelir le corps de Thomas.

Il n'en avait plus ni la force ni le courage.

Plus que tout cela, il avait hâte de s'éloigner. S'il restait, le grand lièvre ne pouvait-il pas revenir ?

Il regarda autour de lui, ramassa son fusil, sa pelle et sa pioche, et, chancelant comme un homme ivre, la tête basse, le dos courbé, il reprit le chemin de Theux.

Cette fois, il rentra par la porte, déposa pelle, pioche et fusil dans la cuisine, gagna sa chambre à tâtons, et se fourra dans son lit, où une fièvre horrible le tint éveillé toute la nuit.

Le lendemain, à travers les carreaux, il vit la neige qui continuait de tomber.

La fenêtre donnait sur le jardin.

Au-delà du jardin s'étendait la plaine.

La neige couvrait la terre à plus d'un pied d'épaisseur.

Cela dura ainsi pendant quarante-huit heures.

La neige atteignit trente-six pouces de haut.

Pendant tout ce temps mon grand-père gardait le lit. Il n'avait pas besoin d'inventer un prétexte pour ne pas quitter sa chambre ; et quoique sa fièvre se fût un peu calmée, il était facile de voir qu'il était loin d'être, comme on dit vulgairement, dans son assiette ordinaire.

Cependant, en y réfléchissant, en songeant combien ce qui lui était arrivé rentrait dans les choses impossibles, il avait fini par mettre sa vision de la nuit du meurtre sur le compte de son effroi.

Dès lors, il restait seulement en face de son crime, et, à l'endroit de son crime, je dois dire que la conscience troublée de mon grand-père s'efforçait de lui fournir des excuses.

Puis, tout le servait.

Il se leva et alla à la fenêtre.

Sans la neige qui était tombée, on eût déjà su que Thomas Pichet était mort, et la mort de Thomas Pichet était encore inconnue.

Mon grand-père faisait donc des vœux pour que cette neige providentielle continuât de couvrir la terre.

Mais cependant il comprenait que, si bien servi qu'il fût par cette neige, elle finirait par disparaître un jour ou l'autre.

En attendant, comme il gelait, la neige tenait.

On en avait jusqu'au dégel.

Avant le dégel, on ne retrouverait pas le cadavre de Thomas Pichet.

Mon grand-père eut bien l'idée de fuir, mais il se trouvait complètement dépourvu d'argent, et d'ailleurs la misérable existence qu'il eût dû mener à l'étranger, loin de sa femme et de ses enfants, lui faisait encore plus peur que l'échafaud.

Puis, la chose s'était passée dans la nuit, au milieu des champs, par la solitude la plus complète ; le meurtre n'avait eu aucun témoin, le meurtrier en était bien sûr.

Pourquoi le soupçonnerait-on, lui plutôt qu'un autre ?

Selon toute probabilité même, on le soupçonnerait moins ; on l'avait vu sortir dans la matinée du dimanche, et on l'avait vu rentrer à la tombée de la nuit.

Mais personne ne l'avait vu sortir pour la seconde fois ; et, à sa seconde rentrée, personne ne l'avait vu revenir.

Il est vrai qu'il avait eu la fièvre toute la nuit, qu'il avait été malade toute la journée du lundi. Mais parce qu'on est malade, parce qu'on a eu la fièvre, on n'est pas absolument obligé d'avoir assassiné son prochain.

Mon grand-père s'en remit donc au hasard du soin de le soustraire aux conséquences de son crime. Il est bien entendu que le mouvement de faiblesse qui s'était emparé de lui quand il avait voulu prier, quand il avait essayé de faire le signe de la croix, ne s'était jamais représenté. En tout cas, il se prépara une fable pour le cas où les soupçons se porteraient sur lui, et il attendit.

Un jour, en s'éveillant, – le premier regard de mon grand-père, depuis cette nuit terrible, était toujours pour interroger le ciel, – un jour, en s'éveillant, il s'aperçut que les nuages étaient bas et sombres.

Il alla à sa fenêtre et l'ouvrit.

Une bouffée d'un air épais et chaud lui vint au visage, puis la pluie se mit à tomber, d'abord fine et serrée, ensuite en gouttes larges et multiples.

C'était le dégel.

Le moment terrible approchait.

Malgré la fable qu'il avait préparée, la perplexité de mon grand-père était si grande que sa fièvre le reprit et que force lui fut de se recoucher.

Il se tint toute la journée au lit, la couverture rabattue par-dessus le nez.

De temps en temps il se demandait s'il ne ferait pas mieux de devancer l'heure où son crime serait découvert, et d'aller lui-même se dénoncer à la justice.

Le lendemain du jour où le dégel avait commencé, la neige avait presque disparu.

De son lit, mon grand-père voyait la campagne, et ses yeux ne pouvaient s'en détacher.

Or, partout dans la campagne, de larges plaques de terre noire surgissaient au milieu de la neige comme des îles sur l'océan.

En ce moment même il se fit un grand bruit dans la rue.

Le cœur de mon grand-père se serra de belle façon, et la sueur perla à la racine de ses cheveux avec une telle violence, qu'il n'eut point de doute qu'il se passât quelque chose de nouveau, et que ce quelque chose eût trait à la mort de Thomas Pichet.

Mon grand-père eut bien l'idée d'aller regarder avec précaution par une ouverture du rideau. Il se leva même pour accomplir ce dessein.

Mais, au premier pas qu'il fit, les jambes lui manquèrent.

Il mourait d'envie d'interroger quelqu'un sur ce bruit qui allait croissant et qui passait juste en ce moment sous ses fenêtres.

Mais il sentait bien que sa voix tremblerait si fort, que ce tremblement ne paraîtrait aucunement naturel.

Il entendit des pas dans l'escalier, regagna vivement son lit, tourna le dos au mur, et remonta la couverture jusqu'à son nez.

C'était ma grand-mère qui venait au-devant de sa curiosité.

Elle ouvrit la porte brusquement.

Mon grand-père jeta un cri ; il crut qu'on l'enfonçait.

– Ah ! mon ami, s'écria ma grand-mère, excuse-moi !

– Je dormais, femme, dit mon grand-père, et tu m'as réveillé.

– C'est que j'ai pensé que la nouvelle t'intéressait, vois-tu, Jérôme.

– Quelle nouvelle ?

– Tu sais que Thomas Pichet avait disparu depuis quelques jours ?

– Oui... non... c'est-à-dire...

Et mon grand-père essuya avec le drap son front inondé de sueur.

– Eh bien, continua ma grand-mère, sans voir le mouvement de son mari, on rapporte son corps.

– Ah ! murmura le malade d'une voix étouffée.

– Oh ! mon Dieu, oui !

Mon grand-père avait bien envie de demander ce que l'on disait à l'endroit de la mort de Thomas Pichet, mais il n'osa.

Cette fois encore, sa femme alla au-devant de son désir.

– Voilà, dit-elle. Il paraît qu'il a été pris par le froid et qu'il a misérablement péri dans la neige.

– Et... et... son cadavre ? demanda mon grand-père avec un effort.

– À moitié dévoré par les loups, répondit la femme.

– Hein ? s'écria Jérôme.

– Oui.

– À moitié dévoré !... Pauvre Thomas ! la tête, les jambes, sans doute ?

– Presque tout le corps ; on n'a réellement retrouvé qu'un squelette.

Mon grand-père respira. Il pensa que si l'on n'avait retrouvé qu'un squelette, la trace de ses deux coups de fusil avait sans doute disparu avec les chairs.

Ma grand-mère continua d'un ton sentencieux :

– Tu vois, Jérôme, la justice de Dieu est lente, et ses voies sont inconnues des hommes. Mais tôt ou tard sa main s'appesantit sur le coupable et va le chercher au milieu du calme et de l'impunité pour le punir.

Mon grand-père poussa un gémissement.

– Qu'as-tu, Jérôme ? demanda ma grand-mère tout effrayée.

– Donne-moi un verre d'eau, femme ; je ne me sens pas bien.

– En effet, tu es livide.

– C'est cette nouvelle, à laquelle je ne m'attendais pas.

– Tiens, mon homme, tiens, bois.

Mon grand-père porta le verre à ses lèvres, ses dents claquaient le long du bord, et sa main tremblait de manière que la moitié de l'eau tomba sur ses draps.

– Ah ! mon Dieu ! mon Dieu ! cria ma grand-mère, mais tu es peut-être plus malade que tu ne crois, Jérôme. Si j'allais chercher M. Desprez, le médecin ?

– Non, non ! s'écria mon grand-père, n'en fais rien.

Et il arrêta sa femme par le poignet.

Sa main était humide de sueur.

Elle le regarda avec plus d'inquiétude que jamais.

Mais lui :

– Ce n'est rien, ce n'est rien, dit-il, je suis dans l'accès de la fièvre ; mais c'est le dernier, et je sens que je vais me guérir.

Et en effet, à partir de ce moment, grâce à la satisfaction que lui causait cet heureux dénouement, comme un malade qui vient d'avoir une crise terrible, mais salutaire, Jérôme Palan alla de mieux en mieux ; et le soir, ayant appris que le corps de Thomas Pichet avait été pieusement déposé dans le cimetière de la ville et qu'on avait jeté sur lui six bons pieds de terre, il se trouva tellement soulagé qu'il ordonna à sa femme de faire monter ses enfants, et qu'il les embrassa ainsi que leur mère, ce qui ne lui était pas arrivé depuis la terrible nuit du 3 novembre.

Mais la joie de la pauvre famille fut bien plus grande encore quand mon grand-père déclara qu'il se sentait si bien qu'il allait descendre.

On voulut le soutenir. Ma mère lui offrit le bras ; mais il se redressa de toute la hauteur de sa grande taille.

– Pour quoi faire ? dit-il. Ah çà ! mais on me croyait donc mort ?

Et, en effet, il descendit l'escalier sans broncher.

La table était mise pour la mère et les enfants.

– Eh bien ! demanda-t-il gaiement en voyant qu'il n'y avait que trois couverts, et moi, je ne soupe donc pas ?

Ma grand-mère se hâta de mettre un quatrième couvert et d'approcher une chaise de la table.

Mon grand-père s'assit et se mit à tambouriner une marche sur son assiette avec sa fourchette et son couteau.

– Ma foi ! puisqu'il en est ainsi, dit ma grand-mère, il reste à la cave une vieille bouteille de vin de Bourgogne que je réservais pour une grande occasion. Voilà l'occasion venue.

Et la bonne femme descendit à la cave pour y prendre sa bouteille de vin de Bourgogne.

On se mit à souper.

Ma grand-mère était si joyeuse qu'elle versait rasades sur rasades à mon grand-père.

Tout à coup, elle le vit pâlir et frissonner à la fois.

Puis courir à son fusil dans le coin de la cheminée.

Puis ajuster quelque chose dans l'angle le plus sombre de la maison.

Mais, sans faire feu, mon grand-père releva son arme d'un air découragé et la jeta dans un coin de la salle à manger.

Il se rappelait que son fusil n'avait pas été rechargé depuis la nuit du 3 novembre.

Ma grand-mère interrogea son mari sur les motifs de cette singulière action.

Mais mon grand-père refusa de répondre.

Il se promena pendant plus d'une demi-heure de long en large dans l'appartement.

Puis il remonta dans sa chambre et se coucha sans prononcer une seule parole.

Pendant la nuit, son sommeil fut sans doute agité par quelque affreux cauchemar, car il se réveilla plusieurs fois en sursaut, en poussant des cris d'angoisse et en agitant ses bras comme pour chasser quelqu'un ou quelque chose qui l'importunait.

Jérôme Palan avait revu le grand lièvre !

9

AINSI, CONTINUA l'aubergiste, le meurtre de Thomas Pichet n'était point resté, comme mon grand-père l'espérait, un secret entre lui et Dieu.

Ainsi, vainement le corps de la victime avait été déposé dans la fosse et la terre de l'oubli avait roulé sur le cadavre.

Le terrible animal venait, à chaque instant du jour et de la nuit, reprocher à Jérôme Palan qu'il était en tiers, et que la tombe qui se refermait sur la victime n'enfermait pas avec elle le remords de l'assassin.

Cette vie de mon grand-père, à laquelle, le soir de l'enterrement de Thomas Pichet, il s'était repris avec une si grande joie, était, grâce à l'étrange apparition qui à chaque instant surgissait sur ses pas, devenue un supplice.

Tantôt mon grand-père voyait cet abominable lièvre au coin du feu, se chauffant avec lui à l'âtre, et lui envoyant de ces regards de flamme dont, si esprit fort qu'il fût, mon grand-père ne pouvait ni supporter la vue ni perdre le souvenir.

Tantôt, pendant qu'il mangeait, le grand lièvre se glissait sous la table et lui grattait les jambes de ses griffes acérées.

S'il voulait se mettre à son bureau pour écrire, il le sentait derrière lui, appuyant ses pattes sur les bâtons de sa chaise.

Pendant la nuit, la tête monstrueuse de l'animal apparaissait dans la ruelle, éternuant et secouant ses oreilles.

Mon grand-père avait eu beau se tourner et se retourner du côté gauche sur le côté droit, et du côté droit sur le côté gauche, le grand lièvre était toujours là, en face de lui.

Enfin, quand le pauvre homme parvenait à surmonter les angoisses de la terrible vision et finissait par s'endormir, il se réveillait au bout de quelques instants, suffoqué par un poids énorme qui lui pesait sur la poitrine.

Et c'était encore le grand lièvre qui était accroupi sur l'estomac de Jérôme Palan, et qui, assis sur son derrière, se débarbouillait tranquillement le museau avec ses pattes de devant.

Ma grand-mère et les enfants ne voyaient rien.

Et comme le pauvre homme paraissait se débattre contre des persécutions imaginaires, on crut qu'il était en train de devenir fou.

De sorte qu'il se répandit une grande affliction dans le logis.

Un matin enfin, après avoir été cauchemardé toute la nuit, mon grand-père se leva avec le calme de l'homme qui a pris un parti définitif.

Il chaussa ses souliers ferrés, boucla ses grandes guêtres de cuir, prit son fusil, le nettoya, souffla dans les canons, le flamba, le chargea avec une attention particulière, s'assurant d'abord que la poudre était bien sèche, l'introduisant dans le canon de son arme de façon à n'en pas laisser tomber un grain dehors, mettant par-dessus une bourre de feutre dont il graissa les bords, l'assujettissant fortement à l'aide de la baguette, versant dessus une copieuse charge de plomb, dont les grains, du numéro trois, étaient d'une rondeur et d'une égalité parfaites, enfin, bourrant le tout avec la même attention de détail qu'il avait mise à cette besogne depuis le commencement.

Puis il amorça les bassinets de son fusil et établit la communication de la poudre au bassinet avec celle du canon au moyen de l'épinglette.

Enfin, jetant son fusil sur son épaule, il alla détacher les chiens, qui bondirent tout joyeux hors de la niche, et s'achemina avec eux vers Remouchamps.

Le lecteur se rappelle que c'était le chemin qu'il avait suivi pour aller se mettre à l'affût dans la nuit du 3 novembre.

Ma grand-mère, qui avait suivi tous les mouvements de son mari, fut bien joyeuse, car elle pensait que les distractions qu'allait lui procurer son exercice favori pourraient tirer mon grand-père de l'hypocondrie bizarre à laquelle il était en proie.

Elle l'accompagna jusque sur le seuil de la porte.

Du seuil de la porte, elle le suivit des yeux jusqu'à ce qu'il eût disparu.

On était à la fin de janvier.

Un brouillard épais couvrait la campagne, plus épais encore dans la vallée ; mais les champs et les chemins étaient si familiers au brave homme, que, sans avoir hésité une fois, malgré le voile de vapeur qui couvrait la terre, il alla droit au carrefour où avait eu lieu la scène du 3 novembre.

Déjà, à dix pas de lui, comme une forme confuse, il entrevoyait les buissons derrière lesquels il s'était caché pendant cette nuit fatale, quand, de l'autre côté du buisson, à l'endroit même où était tombé Thomas Pichet, bondit le lièvre qu'il reconnut à l'instant même à sa haute taille pour l'animal qui avait à tout jamais détruit son repos.

Avant que mon grand-père, qui cependant devait s'attendre à cette apparition, eût épaulé son fusil, le lièvre s'était perdu dans la brume, et Ramoneau et Spiron étaient partis tout couplés après lui.

Mon grand-père les suivit, haletant.

Arrivé sur le plateau de Sprimont, comme une forte brise soufflait sur les hauteurs, le brouillard se dissipa ; là, le chasseur put apercevoir ses chiens.

Ils avaient rompu la corde qui les attachait l'un à l'autre.

Ils chassaient à pleine gorge.

À deux cents pas devant eux courait le lièvre, dont le pelage blanchâtre se détachait parfaitement sur le tapis rougeâtre des bruyères.

– Mais, s'écria mon grand-père, il me semble qu'il perd sur eux ? Morbleu ! ils vont le prendre ! Tayaut, Ramoneau ! Tayaut, Spiron !

Et mon grand-père se mit à courir avec une nouvelle ardeur.

Ce fut une chasse fiévreuse que celle-là, je vous en réponds !

Chasseur, lièvre et chiens semblaient avoir des muscles d'acier.

Les champs, les bois, les prés, les vallons, les collines, les ruisseaux, les rochers, ils franchissaient tout comme s'ils eussent eu des ailes.

Et cela sans reprendre haleine un instant, sans qu'un défaut de cinq secondes vînt leur donner le temps de souffler.

Ce qu'il y avait de singulier, c'est que le grand lièvre fuyait devant lui comme un vieux loup.

Il ne doublait point, il ne croisait point les voies, il ne suivait pas les ruisseaux, les fossés, les sillons de charrue, il ne cherchait point à trouver un change, et ne semblait nullement inquiet des suites de cette terrible poursuite.

Il marchait au petit galop.

Toujours à une centaine de pas des chiens, qui, humant ses voies chaudes et fumantes, redoublaient de cris et de vitesse sans cependant rien gagner sur la distance qui les séparait par ses :

– *Tayaut ! Tayaut !* sans cesse répétés.

Son carnier l'embarrassant dans cette course insensée, il le jeta loin de lui.

Une branche lui enleva son chapeau.

Il ne perdit pas de temps à le ramasser.

Par bonheur, le lièvre avait décrit un grand cercle, comme s'il eût voulu revenir à son lancer.

Il avait passé successivement sur les terroirs de Sprimont, de Tilff, de Freneux et de Seny.

Vers midi, il revint sur Aywaille.

Mon grand-père, qui avait perdu un peu de terrain dans cette course de cinq heures, était encore sur la montagne, quand les chiens, débouchant dans la vallée, arrivèrent au bord de l'Ourthe.

Il pensa que l'animal n'oserait jamais se hasarder à traverser la rivière, alors fort grossie par les pluies, qu'il reviendrait sur ses pas, et qu'enfin il se trouverait à la portée de son fusil.

Quant à ce qu'il fût forcé par les chiens, mon grand-père, à la façon dont le lièvre semblait se moquer d'eux, après cinq heures de chasse, en avait complètement perdu l'espoir.

Mon grand-père, comptant sur un retour, se plaça donc à mi-côté, au coin d'un bois, ne quittant pas son lièvre des yeux, et prêt à changer de position selon la tactique qu'il verrait adopter à l'animal, qui, de son côté, en attendant les chiens, s'était assis au bord de la rivière, sur une touffe de roseaux dont il broutait les extrémités.

Les chiens allaient toujours s'approchant.

Le lièvre ne paraissait point s'occuper d'eux.

Bientôt, ils ne furent qu'à dix pas de lui.

Le cœur de mon grand-père battait si fort qu'il ne pouvait plus respirer.

La distance qui séparait les chiens de la bête diminua encore.

Ramoneau, qui tenait la tête, se précipita pour l'engueuler.

Mais le lièvre s'élança dans le torrent, qui roulait en vagues écumeuses et menaçantes.

La gueule de Ramoneau ne happa donc que l'air.

– Ah ! pour le coup, il va se noyer ! s'écria mon grand-père, bravo ! bravo !

Et il s'élança sur la déclivité de la montagne avec une telle rapidité, qu'il eut toute la peine du monde à ne pas aller, emporté par l'élan de sa course furieuse, se précipiter dans l'Ourthe.

Et, tout en courant, il répétait :

– Il va se noyer ! il va se noyer ! il va se noyer !

Mais le lièvre, coupant adroitement le courant dans la direction diagonale, parvint sans encombre à prendre terre sur la rive opposée.

En le voyant reparaître sain et sauf sur le gazon, les chiens, qui s'étaient comme leur maître arrêtés sur le bord, et qui, comme lui, semblaient attendre une catastrophe, voyant que, contre toute probabilité, cette catastrophe n'avait pas lieu, les chiens se jetèrent à la rivière à leur tour.

Mais ils furent moins heureux que leur ennemi.

Emporté par son ardeur, Ramoneau ne sut pas maîtriser la rapidité du courant.

Le pauvre animal s'épuisa à lutter contre sa violence ; au tiers de la rivière, les forces l'abandonnèrent.

Il disparut, puis revint à la surface de la rivière, mais ses pattes ne battant plus que faiblement l'eau qu'il fallait franchir.

Malgré ses efforts et ses peines, il s'enfonça une seconde fois.

Mon grand-père alors descendit, ou plutôt roula le long de la berge de la rivière, et se jeta lui-même au milieu du courant pour porter secours à son chien.

En ce moment Ramoneau revenait une troisième fois sur l'eau.

Il l'appela.

Le pauvre animal tourna vers lui sa tête intelligente et fit entendre un gémissement.

Il avait alors franchi les deux tiers de la rivière, à peu près.

Mais à la voix de son maître, il voulut revenir à lui.

Ce mouvement lui fut fatal.

Il donna le travers à une lame.

Alors vaincu par le courant, il roula plusieurs fois sur lui-même, poussa encore un cri lamentable, se tourna douloureusement, par un effort suprême, vers son maître, puis s'en alla à la dérive.

Mon grand-père était entré jusqu'aux genoux dans ce torrent.

Il y entra tout à fait.

Il nagea vers son chien, le saisit et le traîna sur l'herbe. Là, il essaya vainement de le réchauffer, de rendre quelque élasticité à ses membres roides et froids.

Le pauvre Ramoneau poussa un dernier gémissement.

Il avait vécu.

Au moment où le chasseur désespéré essayait de rendre son chien à la vie, des aboiements partant du bord opposé frappèrent ses oreilles.

Mon grand-père leva les yeux.

Alors il aperçut de l'autre côté de l'eau le grand lièvre qui, ayant fait un crochet, était revenu sur ses pas, comme s'il avait trouvé un malin plaisir à assister à la mort d'un de ceux qui le poursuivaient.

Plus heureux que Ramoneau, Spiron était parvenu à traverser l'Ourthe, et il continuait à chasser la bête maudite.

Mon grand-père jeta un dernier regard sur son pauvre et fidèle compagnon.

Puis il se mit avec un nouvel acharnement à la poursuite du grand lièvre.

Cette poursuite dura jusqu'au soir.

Il va sans dire que ce fut inutilement.

Lorsque la nuit commença à tomber, Spiron, dont depuis une heure les jappements devenaient plus rares et plus faibles, se coucha, refusant de marcher, ou plutôt dans l'impossibilité de faire un pas de plus.

Mon grand-père le chargea sur ses épaules, et chercha à s'orienter pour regagner le logis.

10

MON GRAND-PÈRE était en ce moment du côté de Freneux, à huit ou neuf lieues de Theux.

À la fin de la chasse, il avait paru prendre un grand parti, et s'était écarté plus qu'il n'avait fait jusque-là.

Mais il était tellement bouleversé que, quoiqu'il eût couru toute la journée, quoiqu'il eût peut-être fait vingt ou vingt-cinq lieues dans cette course, il ne sentait point sa fatigue.

Ou s'il la sentait, il la surmonta et se mit bravement en route pour revenir à Theux.

Devant lui s'étendait, sombre et seulement coupée par des sentiers, la forêt du val Saint-Lambert.

Il s'y engagea sans hésiter.

Il y était à peine depuis cinq minutes, et y avait peut-être fait cinq cents pas, quand il entendit derrière lui un craquement de feuilles sèches.

Il se retourna pour voir qui venait derrière lui.

Le grand lièvre le suivait.

Il allongea le pas.

Le lièvre régla son pas sur celui de mon grand-père.

Mon grand-père s'arrêta.

Le lièvre s'arrêta.

Mon grand-père déposa Spiron à terre, lui montra le lièvre, l'excita à sa poursuite.

Mais le malheureux Spiron se contenta de humer les émanations qui venaient à lui, et, poussant un gémissement, il se coucha et se mit en rond pour s'endormir.

Alors mon grand-père résolut d'avoir recours à son fusil.

Cette fois, il était chargé, et bien chargé.

Il arma les deux coups, appuyant le doigt sur la gâchette, afin que les chiens ne fissent pas de bruit en s'armant, et épaula.

Mais quand le fusil fut à son épaule, il chercha vainement le grand lièvre au bout de son point de mire.

Le grand lièvre avait disparu.

À moitié fou de terreur et de désespoir, mon grand-père ramassa Spiron, qui s'était déjà endormi, et qui, tout en dormant, aboyait, rêvant sans doute qu'il chassait le grand lièvre ; replaça son chien sur ses épaules, et continua sa route d'un pas insensé, sans oser se retourner ni regarder derrière lui.

Il était trois heures du matin quand il rentra.

Ma grand-mère inquiète attendait son retour avec l'intention de le gronder doucement.

Mais quand elle vit l'état où il était, elle ne le gronda ni doucement ni fort : elle le plaignit.

Puis, comme il avait laissé glisser Spiron de dessus son épaule, elle lui prit son fusil des mains.

On se rappelle qu'il n'avait plus ni carnier ni chapeau.

Il avait jeté son carnier, son chapeau avait été emporté par une branche.

Elle le fit coucher à l'instant même.

Puis lui fit prendre un grand bol de bon vin chauffé avec des épices et s'assit sur le bord de son lit.

Là, elle lui prit les deux mains, et, sans lui rien dire, se mit à pleurer doucement.

Mon grand-père fut touché des soins et des larmes de la bonne femme.

Puis, à force d'y songer, il lui sembla qu'en la mettant de moitié dans son secret, il soulagerait ses peines de moitié.

Il était sûr de sa tendresse et de sa discrétion.

Il lui avoua tout.

Oh ! c'était une digne femme que ma grand-mère Palan, allez !

Elle ne s'emporta point en reproches, elle n'éclata point en invectives et en malédictions sur cette fatale passion de la chasse, cause de tous leurs malheurs.

Non, elle ne dit pas un seul mot qui eût trait au passé.

Elle excusa au contraire la violence qui avait amené le meurtre.

Sans condamner le mort, elle fit valoir les justes griefs que le meurtrier avait contre lui.

Enfin, elle embrassa et consola mon grand-père, comme une mère embrasserait et consolerait son enfant bien-aimé, et tâcha par ses paroles de lui rendre un peu de tranquillité et de repos.

Enfin, quand la reconnaissance que lui témoignait mon grand-père l'eut enhardie :

– Tiens, Jérôme, lui dit-elle, tu aurais dû reconnaître dans tout cela la main de Dieu, vois-tu : c'est lui qui a amené le malheureux Thomas au bout de ton fusil pour le punir de sa méchanceté avec toi ; mais c'est lui aussi qui, pour te frapper dans ton incrédulité, permet au malin esprit de te tourmenter.

Jérôme Palan poussa un soupir, mais ne la railla point comme il l'eût certes fait autrefois.

Aussi continua-t-elle :

– Va trouver notre curé, mon homme ; jette-toi à ses genoux ; raconte-lui ton malheur, et il t'aidera à chasser le démon qui, bien sûr, est dans ce méchant lièvre.

Mais, à cette proposition, mon grand-père se révolta.

– Ah ! oui, dit-il, aller trouver le curé pour qu'il me dénonce aux justiciers de son évêque ! En voilà une idée ! Non, ma foi, j'ai eu affaire à eux, et ne me soucie aucunement de retomber dans leurs griffes ; d'ailleurs, tu es folle, femme, il n'y a dans tout ceci ni Dieu ni diable.

– Qu'y a-t-il donc, alors ? s'écria la bonne femme désespérée.

– Il y a le hasard et mon imagination frappée ; il faut que je tue ce démon de lièvre, il le faut ! Et quand je l'aurai vu à mes pieds sans mouvement, mort, bien mort, mon esprit se calmera tout seul, et je ne songerai plus à tout cela.

Ma pauvre grand-mère se résigna, sachant que sur ce point il était inutile d'essayer de vaincre l'obstination de son mari.

11

MON GRAND-PÈRE ayant pris deux jours d'un repos dont lui et son chien avaient grand besoin, son chien plus encore que lui, partit une seconde fois.

Comme la première, il lança le lièvre au même endroit.

Chose d'autant plus étrange, que le gîte, bien marqué, parbleu ! était dans un carrefour où passaient plus de trente personnes par journée.

Comme la première fois, le lièvre déjoua sa poursuite.

Comme la première fois, mon grand-père rentra triste et harassé, avec sa gibecière neuve et vide.

Pendant un mois entier, tous les deux ou trois jours, il recommença cette lutte acharnée.

Toujours aussi inutilement.

Au bout d'un mois, le pauvre Spiron mourut d'épuisement.

Et mon grand-père, à bout de forces, dut renoncer à ses chasses fantastiques.

Mais pendant qu'elles avaient duré, son travail avait complètement cessé, et la misère était entrée dans le pauvre ménage.

Ma grand-mère avait soutenu la maison, d'abord par son ordre et par son économie.

Ensuite en vendant tantôt un bijou, tantôt un meuble, débris de leur ancienne opulence.

Mais bientôt cette économie et cet ordre devinrent impuissants.

Les tiroirs étaient vides et les murs dégarnis.

Il ne restait plus dans la maison un seul objet ayant une valeur quelconque, et le soir où expira Spiron, force fut bien à la bonne femme d'avouer à son mari qu'il n'y avait pas de pain à la maison.

Mon grand-père tira de son gousset une montre de famille, en or, à laquelle il tenait tant, que ma grand-mère, qui savait sa vénération pour ce bijou, s'était défait d'objets bien nécessaires, sans oser jamais lui en demander le sacrifice.

Eh bien ! mon grand-père la lui remit sans dire un mot.

Ma grand-mère s'en alla à Liège, où la montre fut vendue pour neuf louis d'or.

À son retour, elle posa les neuf louis étalés sur la table.

Le père Palan se mit à les considérer avec convoitise, et en même temps cependant avec hésitation.

Puis, prenant quatre de ces louis et appelant ma grand-mère :

– Femme, dit-il.

Elle accourut vivement.

– Tu m'appelles, notre homme ?

– Oui. Combien de temps penses-tu nous faire vivre avec les cinq louis qui restent là ?

– Dame ! dit ma grand-mère, en calculant, avec économie, je puis nous faire vivre deux mois.

– Deux mois, repartit mon grand-père, deux mois, c'est plus qu'il ne me faut. Avant deux mois, j'aurai fait un civet du grand lièvre, ou le chagrin m'aura mis en terre.

Ma grand-mère se prit à pleurer.

– Sois tranquille, ajouta son mari, c'est le lièvre qui aura son affaire. Avec ces quatre louis, je vais aller dans le Luxembourg. Je sais un braconnier qui a encore de la race de mon pauvre Flambeau et de ma pauvre Ramette, et s'il lui reste deux chiens de leur espèce à me vendre, du diable si, avant quinze jours, je ne te fais pas un manchon avec la peau de mon persécuteur.

Ma grand-mère, qui suivait tous les jours avec anxiété, sur le visage de son mari, les progrès que le mal faisait chez lui depuis qu'il avait perdu le repos, ma grand-mère n'osa s'opposer à son dessein.

Jérôme Palan partit donc un beau matin pour le Luxembourg, vint droit à Saint-Hubert et descendit dans cette même auberge où nous sommes, et qui alors était tenue par son frère, Chrysostome Palan, c'est-à-dire par mon grand-oncle.

Il retrouva son braconnier, qui avait conservé de la race de Flambeau et de Ramette, lui acheta un chien et une chienne, Rocador et Tambelle, et, cinq jours après son départ, rentra triomphant à la maison.

Le lendemain, dès l'aube, il était aux champs.

Mais le lièvre était plus fin et plus vigoureux qu'aucun chien de quelque race qu'il fût.

Il distança les descendants de Flambeau et de Ramette, comme il avait distancé Ramoneau et Spiron.

Seulement, mon grand-père, rendu plus prudent par l'expérience, les ménageait, comprenant bien que si le grand lièvre les lui forçait comme il avait forcé les autres, il lui serait impossible de les remplacer.

Il ne les laissait pas chasser l'animal maudit plus de trois ou quatre heures, et, convaincu que la force était inutile contre lui, il avait recours à la ruse.

Il bouchait avec soin toutes les coulées de haies que le lièvre traversait d'habitude, n'en laissait qu'une ou deux ouvertes, et à celles-là, il plaçait des lacets préparés avec le plus grand soin.

Puis il s'embusquait aux environs, autant pour secourir les chiens, s'ils venaient à se prendre eux-mêmes dans les nœuds coulants, que pour avoir l'occasion de faire feu sur le lièvre.

Mais l'animal damné se moquait de tous les engins.

Il les flairait, les éventait, les devinait, faisait une nouvelle trouée dans la haie à côté du passage resté béant, et traversait les ronces et les épines sans y laisser un poil.

Puis de quelque côté que vînt la brise, il éventait mon grand-père, et ne se montrait à lui que hors de la portée de son fusil.

C'était à en devenir fou.

Les deux mois auxquels devaient suffire les cinq louis de la montre étaient écoulés, et le lièvre n'était pas mort.

Les enfants n'avaient pas le civet.

La mère n'avait pas le manchon.

Le bonhomme, de son côté, vivait toujours, si toutefois l'existence qu'il menait pouvait s'appeler la vie.

Il n'avait de repos ni nuit ni jour, il était devenu jaune comme un vieux citron ; sa peau, pareille à un parchemin, semblait adhérer à ses os ; mais une chose surhumaine le soutenait, et les terribles chasses qu'il accomplissait presque tous les jours attestaient de sa vigueur.

Deux autres mois s'écoulèrent.

Pendant ces deux mois, on vécut de dettes et d'emprunt.

Enfin, un beau matin, toute la malheureuse famille dut déguerpir devant les garnisaires.

– Ah ! disait mon grand-père, tout cela ne serait rien si je pouvais mettre la main sur ce damné lièvre !

12

MON GRAND-PÈRE loua une misérable cabane à l'entrée du village.

Il mit son fusil sur son épaule, comme lorsqu'il partait pour la chasse, il prit un enfant de chaque main, siffla ses chiens, fit signe à sa femme de le suivre, et quitta son ancienne maison, sans regarder derrière lui.

Ma grand-mère le suivait en sanglotant.

Elle ne pouvait se décider, elle, à abandonner cette chère demeure, où elle avait donné le jour à ses deux pauvres enfants, et où elle avait été si longtemps heureuse.

Il lui semblait que la vie se retirait d'elle.

Arrivée dans le misérable gîte où ils allaient s'établir, elle crut le moment favorable pour hasarder une prière.

Joignant les mains et s'agenouillant devant

son mari, elle le supplia d'ouvrir les yeux à l'évidence, de reconnaître la main de Dieu qui le frappait, de donner du repos à sa conscience troublée, en s'approchant du tribunal de la pénitence, enfin de conjurer, par tous les moyens que l'Église mettait à sa disposition, le démon, dont il semblait être victime.

Mon grand-père, dont le malheur n'avait fait qu'aigrir le caractère, la reçut assez brutalement, et lui montrant son fusil :

– Que ce gredin de lièvre me passe seulement à quarante pas, dit-il, et voilà qui me donnera l'absolution.

Hélas ! plus de dix fois depuis, mon grand-père put tirer sur le lièvre à quarante pas, à trente et même vingt, et plus de dix fois mon grand-père le manqua.

On arriva ainsi à l'automne.

Bientôt allait venir l'anniversaire du terrible drame qui avait bouleversé toute l'existence de mon grand-père.

C'était, on se le rappelle, le 3 novembre.

Le 2, mon grand-père était en train de méditer quelque nouvelle machination contre son cauchemar.

Il était sept heures du soir.

Il était assis près d'un maigre feu de tourbe, auquel ma grand-mère, assise en face de lui, et ayant les deux enfants sur ses genoux, essayait de se réchauffer.

Tout à coup, la porte s'ouvrit.

Le maître de l'auberge des *Armes de Liège* entra dans la chambre.

– Monsieur Palan, demanda-t-il à mon grand-père, voulez-vous gagner une bonne journée demain ?

Les bonnes journées étaient si rares que mon grand-père ne crut point à une semblable aubaine.

Il répondit par un hochement de tête.

– Vous refusez ?

– Je ne refuse pas, mais je demande comment je puis gagner une bonne journée.

– C'est bien facile : vous allez voir.

– Voyons.

– J'ai chez moi deux étrangers, continua le maître de l'auberge ; ils sont venus à Theux pour chasser ; voulez-vous leur servir de guide et mener leur chasse ?

Mon grand-père qui comptait sans doute consacrer la journée du lendemain à la poursuite du grand lièvre, allait répondre par un non bien sec.

Mais sa femme, qui devinait ce qui se passait en lui, poussa entre ses genoux ses deux enfants, hâves et tristes, car ils n'avaient fait dans toute la journée qu'un maigre repas et le *non* expira sur les lèvres de mon grand-père.

– En ce cas, demain, à huit heures et demie, venez les prendre, maître Palan ; je n'ai pas besoin de vous dire d'être exact. Il me souvient que vous ne l'étiez que trop quand vous étiez apothicaire et qu'il s'agissait de me pratiquer certaines opérations que je redoutais fièrement dans ma jeunesse. Donc, à huit heures et demie.

– À huit et demie ; c'est convenu.

– On peut y compter ?

– Bonsoir !

– Bonne nuit.

L'aubergiste sortit, reconduit par ma grand-mère, qui lui faisait toutes sortes de remerciements.

Mon grand-père se mit à faire ses préparatifs pour le lendemain.

Il emplit sa corne de poudre, et son sac de plomb, nettoya son fusil et le coucha sur la table.

Ma grand-mère le regardait faire, toute pensive.

On eût dit que, de son côté, elle méditait un projet.

Enfin ils se couchèrent.

Mon grand-père dormit mieux, et s'éveilla plus tard que d'habitude.

Lorsqu'il ouvrit les yeux, il était seul dans son lit.

Il appela sa femme et ses enfants.

Personne ne répondit.

Pensant alors qu'ils étaient dans le petit jardin attenant à la maison, il se leva et s'habilla à la hâte.

Le coucou marquait huit heures, et il avait peur de manquer le rendez-vous.

Quand il eut revêtu sa culotte, ses guêtres et sa veste, il chercha ses ustensiles de chasse.

Il ne trouva ni fusil, ni poire de poudre, ni sac à plomb, ni carnier.

Il se rappelait cependant bien avoir mis tout cela sur la table.

Il fureta dans tous les coins, bouleversa tout ce qui se trouvait sous sa main ; mais il eut beau chercher, il ne découvrit rien.

Il courut au jardin, appelant ma grand-mère à son aide.

Ni la bonne femme ni les enfants n'y étaient.

En outre, en traversant la cour, il vit toute grande ouverte la niche de Rocador et de Tambelle.

Rocador et Tambelle étaient absents.

En ce moment l'horloge sonna huit heures et demie.

Il n'y avait pas une minute à perdre.

Ne voulant pas laisser échapper la bonne aubaine que l'aubergiste lui avait promise, il courut vers l'hôtel des *Armes de Liège*, décidé à emprunter de l'hôtelier ce qui lui manquait.

En effet, trouvant les deux chasseurs debout, prêts à partir, et n'attendant plus que lui pour se mettre en route, il leur raconta sa mésaventure.

Ils lui firent donner un fusil et un havresac.

Ils allaient quitter l'auberge.

Du seuil de la porte, mon grand-père vit accourir sa femme.

Elle tenait à la main le fusil, le sac à plomb et la poire à poudre.

Rocador et Tambelle bondissaient à ses côtés.

– Comment ! lui dit-elle tout essoufflée et du plus loin qu'elle put lui parler, tu t'en vas sans ton fusil et sans tes chiens ?

– Où étaient-ils donc ? je n'ai jamais pu mettre la main dessus.

– Je le crois bien ; j'avais serré le fusil et les ustensiles de chasse pour que les enfants n'y touchassent point, et j'avais emmené les chiens chez le boucher qui, hier, m'avait offert des rogatons pour eux.

– Mais les enfants ?

– Ils étaient venus avec moi, les pauvres petits ; mais voici ces messieurs qui s'impatientent. Va, mon pauvre homme, va ; je ne te souhaite pas bonne chasse, puisque l'on dit que cela porte malheur ; mais quelque chose m'assure que tu reviendras plus joyeux que tu ne pars.

Mon grand-père la remercia, mais avec un geste de doute.

Il était payé pour ne pas espérer trop facilement.

Il avait, au reste, tellement l'habitude de se rendre au carrefour, qu'il dirigea de ce côté-là la chasse des deux étrangers.

Les chiens furent découplés et se mirent en quête.

Mais pour la première fois, en arrivant au carrefour, ils semblèrent avoir quelque peine à trouver une piste.

Enfin ils partirent assez chaudement en rapprochant une voie, et mon grand-père, accoutumé aux façons de son grand lièvre qui se donnait tout d'abord et si bravement aux chiens, supposa qu'il n'avait pas fait sa nuit dans le canton, et que Rocador et Tambelle étaient sur la trace de quelque autre.

Mais un des chasseurs s'étant baissé pour regarder la piste, au moment où l'on traversait un chemin tout détrempé :

– Hé ! voyez donc, dit-il, l'animal est debout, il se dérobe. Voici son pied tout frais dans la boue. Hé ! hé ! avez-vous jamais vu pareil lièvre, monsieur Palan ?

Oui, certes, M. Palan avait vu pareil lièvre, puisque c'était son lièvre à lui.

Un coup d'œil lui suffit donc pour reconnaître à qui appartenait ce pas gigantesque.

Sa figure se rembrunit.

Il pensa que si la mauvaise chance voulait que les deux étrangers fissent aussi mauvaise chasse qu'il avait l'habitude de la faire, lui, il ne devait point s'attendre à recevoir la gratification sur laquelle il comptait.

Pendant qu'il faisait ces réflexions, les chiens s'étaient rapprochés du lièvre.

Leurs aboiements devenaient plus vifs et mieux nourris.

Les deux chasseurs se séparèrent pour aller attendre l'animal.

Il commençait à croire sérieusement qu'il avait affaire à quelque bête enchantée.

Il espérait qu'une demi-once de plomb sortie de la main d'un indifférent pouvait parfaitement rompre le charme.

Et cependant, s'il avait reconnu le pied du lièvre pour être celui de la bête qu'il chassait depuis un an, il n'avait pas reconnu ses façons.

Le grand lièvre filait droit comme un loup.

Celui-ci, après une randonnée, revenait sur ses voies comme un lapin.

L'un s'inquiétait peu du terrain sur lequel il marchait ; l'autre choisissait de préférence les terres détrempées qui, adhérant au poil de ses pattes, empêchaient celles-ci de communiquer au sol leur chaleur et leur fumet.

En outre, dans les derniers jours, les chiens ne chassaient qu'en rechignant leur lièvre fantastique, comme s'ils eussent compris d'avance que leurs peines étaient perdues ; cette fois, au contraire, ils paraissaient animés d'une force et d'une ardeur incompréhensibles.

Les aboiements étaient furieux.

L'animal avait beau accumuler les ruses sur ses voies, la sagacité des chiens les déjouait aisément.

Mon grand-père n'en pouvait croire ni ses yeux ni ses oreilles.

De temps en temps, il quittait l'étranger pour aller consulter les traces, tant il lui paraissait impossible que ce fût son ennemi qui rusât ainsi devant ses chiens.

Enfin, il l'aperçut par corps, à l'extrémité d'une des routes qui aboutissaient au carrefour.

Décidément, c'était bien lui.

C'était sa taille colossale, c'était son pelage d'un fauve blanchâtre.

Il venait droit sur les chasseurs.

Mon grand-père toucha du coude l'étranger et lui montra l'animal.

– Je le vois, dit celui-ci.

Le grand lièvre avançait toujours.

– À trente pas, et aux pattes de devant, murmura tout bas mon grand-père à l'oreille de son compagnon.

– Soyez tranquille, dit le chasseur.

Et il porta lentement son fusil à son épaule.

Le lièvre n'était plus qu'à la distance voulue.

Il s'arrêta.

Il s'assit et se mit à écouter.

C'était la donner belle à l'étranger.

Le cœur de mon grand-père battait drôlement, je vous le jure.

Le chasseur fit feu.

Comme le vent venait du côté où était le lièvre, il se passa quelques instants avant que l'on pût juger de l'effet du coup.

– Mille tonnerres ! cria mon grand-père.

– Quoi ? demanda le chasseur. Est-ce que je l'aurais manqué ?

– Je crois bien. Tenez, le voyez-vous ?

Et il lui montra le grand lièvre qui grimpait lestement un talus.

L'étranger lui envoya un second coup de fusil.

Il fut inutile comme le premier.

Mon grand-père restait immobile.

On eût dit qu'il avait oublié qu'il avait, lui aussi, aux mains une arme dont il pouvait se servir.

– Mais tirez donc ! tirez donc ! lui criait le chasseur.

Mon grand-père parut se réveiller, mit en joue et ajusta.

– Bah ! maintenant, dit l'étranger, il est trop loin.

Comme l'étranger prononçait ce dernier mot, mon grand-père fit feu.

Bien que la distance de lui au lièvre fût effectivement de plus de cent pas, l'animal foudroyé roula plusieurs fois sur lui-même et resta étendu sur le sol.

Les chasseurs coururent à lui.

Le grand lièvre se débattait et criait comme un diable. Un d'eux le prit par les pattes de derrière, et mon grand-père, tout haletant, insensé de joie, ne pouvant en croire ses yeux, l'acheva d'un coup de poing sur la nuque.

Il est vrai que c'était un coup de poing à tuer un bœuf.

13

LES DEUX VOYAGEURS s'extasiaient sur la grosseur démesurée de l'animal, et paraissaient enchantés du début de leur journée.

Mon grand-père ne disait mot, mais je vous engage ma parole qu'il était bien autrement joyeux qu'eux encore.

Il lui semblait qu'on lui avait enlevé une montagne de dessus la poitrine. Il respirait librement et à pleins poumons ; la terre, les arbres, le ciel, tout avait pris une teinte rose qui lui était d'un agrément sans pareil.

Il reprit le grand lièvre des mains du chasseur qui le tenait, le fourra dans son carnier, et bien qu'il pesât rudement à ses épaules, il commença de le porter allègrement.

De temps en temps seulement il retournait la gibecière pour s'assurer que le gredin n'avait pas disparu.

Hélas ! le grand lièvre, tout cousin du diable qu'il eût été de son vivant, ne faisait pas meilleure figure qu'un autre dans son dernier gîte.

Il était là, l'œil vitreux, tout pelotonné sur lui-même, ses pattes de derrière sortant seules de la poche de cuir, atteignant, tant elles étaient longues, jusqu'au haut de l'échine de mon grand-père.

Les deux chiens aussi, Rocador et Tambelle, paraissaient fort contents.

Ils manifestaient leur joie par leurs bonds et leurs aboiements.

Ils suivaient mon grand-père sur leurs pattes de derrière pour atteindre à la hauteur de la carnassière et pour lécher le sang qui en sortait.

Le reste de la journée répondit au commencement.

Jérôme Palan se montra digne de son ancienne réputation. Il conduisait les chasseurs sur le gibier mieux que le meilleur chien braque ou épagneul n'eût pu le faire, et, quoique l'on se trouvât déjà fort avancé dans la saison, il leur fit tuer cinq coqs de bruyère et une grande quantité d'autre gibier.

Les deux étrangers furent si enchantés de cette chasse miraculeuse, qu'ils mirent un louis d'or dans la main de mon grand-père, et ils l'invitèrent à souper avec eux à l'auberge des *Armes de Liège*.

La veille, mon grand-père eût certainement refusé, vu la préoccupation de son esprit, qui ne lui permettait de se livrer à aucune distraction.

Mais la mort du grand lièvre avait complètement changé sa manière de voir, et il lui semblait qu'il ne pouvait finir trop joyeusement sa joyeuse journée.

Seulement, il s'arrangea de manière à rentrer à Theux par le côté du village où était sa petite maison.

Les étrangers en furent quittes pour un détour dont ils ne s'aperçurent même pas.

En effet, mon grand-père tenait à deux choses :

D'abord, à donner à sa femme la pièce d'or, afin qu'il y eût fête dans la chaumière comme à l'auberge.

Ensuite, il voulait montrer à toute sa chère nichée, l'abominable grand lièvre, désormais inoffensif.

La bonne femme se tenait sur le seuil de la chaumière, comme si elle eût attendu quelque grande nouvelle.

D'aussi loin qu'elle aperçut son mari, elle courut à sa rencontre.

– Eh bien ? lui cria-t-elle.

Mon grand-père fit passer l'ouverture de la carnassière sous son bras droit, en tira le grand lièvre, qu'il montra à sa femme en le secouant par les pattes.

– Eh bien, répondit-il, tu vois.

– Le grand lièvre ! s'écria-t-elle toute joyeuse.

– Mon Dieu ! oui, il ne viendra plus m'égratigner les jambes sous la table.

– Oh ! vraiment ! vraiment ! Et qui l'a tué ? Un de ces messieurs ?

– Non, moi.

– Toi ?

– Oui, et à une fière portée, je te jure ; il faut que mon plomb ait été poussé par le souffle du diable pour arriver jusqu'à lui.

– Non, Jérôme, mais par le souffle du bon Dieu.

– Comment dis-tu cela ?

– Écoute, Jérôme, et repens-toi. Ce matin, sans t'en rien dire, j'avais été à la messe de Saint-Hubert pour y faire bénir ton fusil et les chiens, et c'est l'eau sainte qui a conjuré le maléfice et qui a communiqué à ton plomb cette force miraculeuse.

– Ah ! ah ! fit mon grand-père.

– Eh bien ! douteras-tu encore ? demanda la bonne femme.

Mon grand-père hocha la tête ironiquement.

Cependant, il n'eut pas le courage de répondre de vive voix.

– Jérôme ! Jérôme ! reprit ma grand-mère, j'espère qu'après le miracle qu'il vient de faire en ta faveur, tu ne douteras plus de la miséricorde du Seigneur.

– Je n'en doute pas non plus, répondit Jérôme.

Ma grand-mère fit semblant de ne pas comprendre le sens dans lequel la réponse était faite.

– Eh bien ! dit-elle, si tu n'en doutes point, accorde-moi une grâce qui me rendra bien heureuse !

– Laquelle ?

– L'église est sur ton chemin, Jérôme ; entres-y en passant, et mets tes deux genoux en terre, voilà tout ce que je te demande.

– Je ne sais plus de prières, répondit Jérôme. Qu'irais-je faire dans l'église ne sachant prier ?

– Tu diras seulement : « Mon Dieu, je vous remercie ! » et tu feras le signe de la croix.

– Demain, dit mon grand-père, demain, je ne dis pas.

– Mais, malheureux ! s'écria la bonne femme, désespérée, sais-tu ce qu'il y a entre aujourd'hui et demain ? Un abîme, peut-être. Sait-on jamais dans la vie si l'on entendra sonner l'heure qui va suivre ? Jérôme ! Jérôme ! fais ce que je te demande ; entre dans l'église, mon ami, entre dans l'église, au nom de ta femme et de tes enfants ! dis la prière que je t'ai dite, fais le signe de la croix, je ne te demande pas autre chose, ni Dieu non plus ; mais entres-y.

– Demain, tu me donneras ton livre, et je lirai tout ce que tu voudras.

– Les prières ne sont pas dans les livres, Jérôme, elles sont dans le cœur. Trempe tes doigts dans l'eau sainte et dis seulement : « Merci. » N'as-tu pas dit merci quand ces messieurs t'ont donné la pièce d'or ? Diras-tu merci à Dieu, qui te donne la santé, la vie, le repos de la conscience, que tu n'as dit à ces étrangers qui t'ont donné vingt-quatre livres ?

Et ma grand-mère prit son mari par le bras et le tira du côté de l'église.

– Non, pas ce soir, dit mon grand-père, impatienté de cette persistance ; plus tard, plus tard ; ces messieurs m'attendent à l'auberge, et je ne veux pas leur faire manger leur souper froid. Tiens, voilà les vingt-quatre livres de gratification qu'ils m'ont données ; achète du pain, du vin, de la viande, fais un bon souper aux enfants, mais tranquillise-toi ; je te promets d'aller demain, à la messe basse, dimanche à la grand-messe, et à confesse à Pâques prochain. Là, es-tu contente ?

La pauvre femme poussa un soupir et lâcha le bras de son mari.

Puis elle se tint debout, immobile, à l'endroit où il lui avait échappé, le suivant des yeux jusqu'à ce qu'il disparût.

Alors elle rentra chez elle, le cœur gros.

Et, au lieu de souper, elle se mit en prières.

14

ON ÉTAIT GAI, le soir, aux *Armes de Liège*. Les chasseurs sont, en général, des gaillards de très bon appétit.

Les deux étrangers auxquels mon grand-père avait servi de guide méritaient parfaitement, sous ce rapport, de faire partie de la grande confrérie de Saint-Hubert.

Les flacons se succédaient sans relâche, et le braunberger et le johannisberg coulaient à flots.

Mon grand-père se laissait aller au plaisir de renouveler connaissance avec cette bonne liqueur qu'il avait dignement appréciée aux jours de son opulence, et il tenait tête aux deux étrangers.

Le temps passe vite quand il plane au-dessus de pareilles occupations.

Et, en effet, il passa si vite pour les trois convives, que l'horloge tinta douze coups, lorsque ceux-ci eussent juré qu'il était à peine dix heures.

Le timbre de la cloche vibrait encore, quand tout à coup un souffle puissant comme l'haleine de la tempête agita la flamme de la lampe.

Les trois compagnons, les étrangers comme mon grand-père, sentirent une impression de froid leur traverser le corps, et sous cette impression glaciale, leurs cheveux se dressèrent sur leurs têtes.

Par un mouvement simultané, ils se levèrent.

En ce moment, il leur sembla entendre comme un grand soupir dans l'angle de la salle où ils avaient déposé leurs armes et leur gibier.

– Qu'est-ce là ? demanda un des étrangers.

– Je ne sais, dit l'autre.

– As-tu entendu ?

– Oui.

– Qu'as-tu entendu ?

– Quelque chose comme la plainte d'une âme en peine.

– Allons-y voir.

Et ils firent un mouvement pour s'avancer vers l'angle, tout en regardant si mon grand-père les accompagnait.

Mais mon grand-père était debout, pâle, muet et tremblant comme la feuille.

Son regard était fixe, et s'arrêtait sur son carnier, qui s'agitait dans l'ombre d'un singulier mouvement.

Tout à coup, de pâle, il devint livide.

Sa main crispée saisit le bras d'un des chasseurs.

De l'autre, il cachait ses yeux.

Le grand lièvre passait son nez par l'ouverture de la carnassière, entre les deux boutons qui la tenaient fermée.

Puis, après le nez, il passa la tête.

Puis, après la tête, le corps.

Puis, comme s'il était sur la bruyère, dans quelque lande déserte, il se mit à brouter la chevelure verte d'une botte de carottes.

Et, tout en broutant, à lancer à mon grand-père ces terribles et fulgurants regards qui avaient failli le rendre fou.

Mon grand-père écartait les doigts pour voir si la terrible apparition était toujours là, et rencontra un de ces regards.

Il poussa un cri comme si la flamme qui sortait de ce regard lui eût traversé le cœur.

Puis, sans rien dire, il bondit jusqu'à la porte, l'ouvrit et s'enfuit à travers champs.

Le lièvre laissa ses fanes de carottes et se mit à courir après lui.

Sa femme, qui attendait sur le seuil, espérant

son retour, le vit passer sans qu'il parût faire attention à elle, sans qu'il répondît à ses cris.

Derrière lui bondissait le grand lièvre, plus grand qu'il n'avait jamais été.

On eût dit deux spectres, tant ils passèrent rapidement.

Le lendemain matin, on retrouva le corps de mon pauvre grand-père à l'endroit même où, un an auparavant, on avait retrouvé celui de Thomas Pichet.

Il paraissait mort depuis plusieurs heures.

Il était couché sur le dos.

Ses mains tenaient le grand lièvre blanc par le cou, et ses doigts crispés l'étreignaient de telle façon qu'il fallut renoncer à lui ôter l'abominable animal.

Il va sans dire qu'il était mort.

Le louis d'or que mon grand-père avait reçu des deux étrangers servit à payer son cercueil, la messe des morts et son enterrement.

L'aubergiste se tut.

Là se terminait son récit.

– Parbleu ! dit Hetzel, j'espérais que cela se terminerait autrement ; il me semblait que le grand lièvre blanc allait tourner au civet, et j'eusse été curieux d'apprendre s'il faut faire mourir le diable avant de le mettre dans la casserole.

Voilà, cher lecteur, le récit de mon ami Cherville, tel qu'il nous le fit, boulevard Waterloo, numéro 73, le 6 novembre 1853, à son retour de Saint-Hubert.

Il me tint trois nuits éveillé, et ce n'est que près de deux ans et demi après, comme vous pouvez le voir par la date ci-dessous, que j'eus le courage de l'écrire.

Samedi 22 février 1856,
à une heure trois quarts du matin.

Les chasses du comte de Foix

Le comte Gaston Phœbus avait tué son fils bien-aimé, le seul héritier de son nom et de sa fortune.

Voilà pourquoi, à l'époque où commence cette histoire, il avait tant de cheveux blancs sur la tête et tant de rides au front ; voilà pourquoi il avait un retrait tout rempli d'oraisons, où il se renfermait une heure par jour pour y dire les heures de Notre-Dame, les litanies des saints et les vigiles des morts ; voilà pourquoi enfin il tressaillit si fortement lorsqu'on frappa à la porte du château d'Orthez, car tout en écrivant le soixante-troisième chapitre de son ouvrage sur la chasse des bêtes sauvages et des oiseaux de proie, il pensait à son pauvre petit garçon, qui reposait à cette heure dans la chapelle des frères mineurs à Orthez, tandis que son frère bâtard, Yvain, guerroyait avec les Castillans contre le roi Jean Ier de Portugal.

Or, six ans s'étaient écoulés depuis les événements que nous venons de raconter. Le comte de Foix, après avoir fait comme d'habitude sa prière en son retrait, venait de descendre en sa salle à manger, où l'attendait messire Yvain, qui était devenu un grand et beau chevalier ; messire Ernanton d'Espagne et messire Jehan Froissard[1] le chroniqueur, que le chevalier Espaires de Lyon avait rencontré à Carcassonne et avait amené en sa compagnie jusqu'au château d'Orthez, où il avait été merveilleusement reçu du comte de Foix.

On venait de se mettre à table, lorsqu'un valet entra dans la salle, et, se tenant près de la porte, attendit que son maître lui adressât la parole, quoiqu'on vît que bien évidemment il avait une nouvelle à annoncer ; au bout de quelques instants qu'il fut là le comte l'aperçut.

– Ah ! ah ! fit-il, c'est toi, Ramonet ; eh bien, quelle nouvelle ? Tu viens de loin, ce me semble.

– Du bois de Sauve-Terre, sur le chemin de Pampelune, en Navarre, monseigneur.

– Quelle nouvelle en apportes-tu ?

1. Le nom s'orthographie également avec un t à la place du d. *(N.d.E.)*

– On y a vu la laie, monseigneur.

– Ah ! dit le comte en se retournant vivement, et crois-tu qu'elle y soit restée ?

– Oui, je le crois, monseigneur, car elle y était depuis cinq jours, et si elle y reste cinq jours encore, vous aurez le temps d'y aller, de la joindre et de la pourchasser à loisir.

– Oui, certes, j'irai, dit le comte, et nous verrons cette fois si elle m'échappera encore.

– Qu'est-ce que cette laie ? dit Froissard.

– Messire clerc, lui répondit le comte de Foix, vous qui prenez grand plaisir aux aventures de guerre, d'amour et de chasse, peut-être trouverez-vous en celle-ci quelque chapitre merveilleux à ajouter à votre chronique ; pour le présent, tout ce que je puis vous dire, c'est que je commence à croire que cette laie est enchantée ; on la voit du jour au lendemain sur les points les plus opposés de mes comtés de Foix et de Béarn, et on a beau la pourchasser à outrance, jamais nul n'a pu la joindre ; au moment où l'on croit l'atteindre, elle disparaît comme si la terre manquait sous elle ; quelques-uns disent même l'avoir vue disparaître en fumée, et ce qu'il y a de plus étonnant, c'est que tous ceux qui l'ont vue et poursuivie sont morts de male mort dans le courant de l'année.

– Vraiment ! s'écria Froissard, dont les yeux étincelaient de plaisir à l'idée d'une histoire de nécromancie. L'avez-vous vue, monseigneur ?

– Oui, certes, il y aura de cela demain un an : c'était en la forêt de Carcassonne, mais je ne fus pas plus heureux que les autres, je l'ai chassée toute une journée sans avoir pu la joindre ; le soir arriva, et je la perdis.

– Et comment est-elle ? dit Froissard.

– Oh ! pour cela c'est la truie la plus maigre que j'aie vue de ma vie, tant qu'elle n'a que la peau et les os, et avec cela le poil hérissé et de grandes tettes pendantes. Bref, j'ai bien chassé bêtes sauvages et carnassières depuis l'âge de quinze ans jusqu'à celui de cinquante-neuf où je suis arrivé, mais je n'ai jamais vu animal qui puisse lui être comparé.

– Croyez-moi, monseigneur et père, dit Yvain en secouant la tête ; n'y allez pas.

– Et pourquoi cela, beau fils ?

– Rappelez-vous ce qui est arrivé à monseigneur Pierre de Béarn, mon oncle, pour avoir chassé et mis à mort un ours.

– Et que lui est-il arrivé ? dit Froissard, toujours à l'affût des nouvelles.

– Folies que tous ces récits, interrompit Gaston Phœbus, d'un accent dans lequel perçait cependant quelque inquiétude.

– Il lui est arrivé, continua Yvain, laissant un intervalle de silence entre les paroles de son père et les siennes, et cela est chose sûre, monseigneur, car elle m'a été racontée à moi-même en Espagne après la bataille d'Aljubarota par la comtesse Florence de Biscaïe, sa femme, laquelle était nièce de don Pierre-le-Cruel ; il lui est arrivé qu'un jour un de ses piqueurs est venu lui dire, comme cet homme vient de le faire pour vous, qu'il y avait dans une forêt des Pyrénées un ours merveilleusement grand, et qui, près d'être forcé, s'était retourné et avait parlé aux chasseurs, ce dont tout le pays avait eu si grand effroi que nul n'osait plus le relancer ni le poursuivre. Alors Pierre, qui était, comme monseigneur, trop aventureux de sa personne, attendu qu'il était du même sang paternel, dit : « Si personne ne le chasse, je le chasserai, moi. » Et telle chose qu'on put lui dire ne se départit point de sa résolution. À donc il partit avec sa meute et ses piqueurs, et chevaucha tant qu'il arriva dévers la forêt désignée, et qu'à peine y fut-il entré il y trouva l'ours. Aussitôt les piqueurs découplèrent les chiens, et la chasse commença ; mais l'ours se lassa bientôt de faire cette course ; il s'accula contre un arbre et là joua si merveilleusement des pattes, qu'en moins d'un instant il étouffa et blessa le tiers de la meute, ce dont mon bel oncle entra dans une grande colère, et tirant une épée de Bordeaux qu'il portait ordinairement en bataille, car elle était de si fin acier qu'elle ouvrait les cuirasses les plus fortes, il s'en vint à l'ours et l'attaqua corps à corps, comme il eût fait d'un brigand : la lutte fut longue, car il avait recommandé à ses gens, sur leur âme, que pas un d'entre eux ne vînt à son aide, à moins qu'ils ne le vissent renversé sur le dos comme un lutteur vaincu et au moment d'être occis par son terrible adversaire. Mais il fit tant et si bien que ce fut lui qui renversa et occit l'ours ; de sorte qu'il s'en revint triomphant à son château, ramenant en triomphe l'animal mort, qu'il faisait porter devant lui. Or, il advint qu'à la première couchée et comme les valets et les chambellans du comte dormaient dans la chambre et dans l'antichambre, ils le virent tout à coup se lever au milieu de la nuit, et, quoiqu'il eût les yeux fermés, aller droit à son épée, qui était sur un fauteuil ; puis, la tirant du fourreau, marcher contre une figure qui était peinte en la tapisserie, et là la poignarder avec fureur, comme s'il eût affaire à un Sarrasin d'Égypte ou à un Maure d'Espagne ; et cependant tous les chambellans et les valets étaient tout tremblants, craignant que cette fureur ne se tournât contre eux ; mais pour cette nuit ils en furent quittes ainsi. Lorsqu'il eut poignardé sa tapisserie, messire Pierre de Béarn remit son épée au fourreau et s'en retourna dévers son lit, où il se coucha et dormit le reste de la nuit comme si rien n'était arrivé.

« Le lendemain les serviteurs du comte, qui lui étaient fort attachés, ne sonnèrent mot de ce qui s'était passé, espérant que l'événement qui venait d'arriver n'était rien autre chose qu'un rêve ou vapeur causée par l'agitation qu'avait causée à messire Pierre de Béarn son combat avec l'ours ; mais la nuit suivante ce fut bien pis : comme on était arrivé à une autre couchée, et que cette fois il n'y avait pas de tapisserie à figures dans la chambre, messire Pierre s'en prit à son chambellan, et il s'en allait l'occire malgré ses cris et ses prières, lorsque deux écuyers vinrent à son aide, et s'emparant du dormeur, le désarmèrent et le portèrent dans son lit, où ils le maintinrent de force et malgré lui une partie de la nuit, et pendant tout cela il parlait et agissait, les yeux fermés.

– Encore était-il bien heureux qu'il ne fût pas de votre force, messire Ernanton, interrompit Gaston Phœbus en se retournant vers le chevalier qui portait ce nom, car il faut que je vous conte mon histoire aussi, messire Jehan Froissard. Pardon, Yvain, tu reprendras la tienne après.

– Faites, monseigneur.

– Or, je vous dirai donc qu'un jour de Noël, comme je tenais grande fête et assemblée nombreuse de chevaliers en ce même château où nous sommes, il arriva qu'en sortant de dîner, nous montâmes sur la galerie, dont l'escalier est large et où l'on arrive, comme vous avez pu voir, par vingt-cinq marches : or dans cette galerie il y a une cheminée où l'on fait du feu quand je suis au château, mais jamais autrement. Donc ce jour par hasard, quoique le Béarn soit un pays de bois, se trouvait la cheminée petitement chauffée, et m'en plaignis tout haut devant mes écuyers et pages, car il faisait grand froid ; par hasard en ce moment messire Ernanton regardait par une fenêtre une quantité d'ânes chargés de bûches : « Ah ! ah ! dit-il, monseigneur, vous manquez de bois : eh bien, attendez un instant et vous allez en avoir. » Alors il descendit et nous nous tournâmes tous vers la porte, car nous le savions jovial et bon compagnon, et nous nous attendions qu'il allait faire quelque jonglerie à sa manière. En effet, au bout d'un instant, nous le vîmes portant un âne tout chargé sur ses épaules. « Tenez, monseigneur, dit-il, voilà la chose que vous avez demandée ; seulement comme le bois était attaché sur l'âne, j'ai pris l'âne pour ne pas vous faire attendre. » Il ne faut pas demander si nous rîmes grandement et si nous nous émerveillâmes de sa force et comment tout seul il avait, chargé d'un si lourd fardeau, monté vingt-quatre degrés ; j'avais donc raison de dire, vous en conviendrez, messire Jehan, qu'il fut bien heureux que les chambellans et valets eussent affaire à mon frère Pierre de Béarn, et non à messire Ernanton d'Espagne.

– Monseigneur, répondit Froissard, puisque c'est vous qui me racontez ce fait, c'est la vérité, et je le consignerai dans mes chroniques, quoiqu'il soit étrange et incroyable ; mais à cette heure ne pourrions-nous pas revenir à l'aventure de Pierre de Béarn et de son ours, dont je ne suis pas moins curieux ?

– Si fait, messire, et volontiers ; va donc, Yvain, je te donne congé de continuer.

– Donc, puisque vous le permettez, monseigneur et père, je vous dirai que le lendemain messire Pierre rentra dans son château, où l'attendait madame Florence de Biscaye, sa femme ; mais dès qu'elle vit l'ours elle s'évanouit et perdit la voix, car elle le reconnut pour être celui que son père avait chassé un jour dans le même bois où son mari avait tué celui-ci. Or, se trouvant pressé par le comte de Biscaye, qui le poursuivait seul, toute la chasse ayant tiré d'un autre côté, l'ours se retourna, et, prenant une voix humaine, il lui dit : « Tu me chasses, mais mal t'en arrivera, et tu mourras de mauvaise mort. » En effet, un an, jour pour jour, après cette menace, le comte de Biscaye étant tombé en la disgrâce de don Pierre-le-Cruel, celui-ci le fit décoller, et cela sans cause apparente, et comme pour accomplir seulement la prédiction de l'ours maudit. Or, elle raconta la chose à son mari, qui en rit d'abord et voulut faire clouer à sa porte la tête et les pattes de l'ours ; mais lorsque les chambellans et les valets eurent raconté à leur tour ce qui s'était passé pendant les deux dernières nuits, et comment messire Pierre de Béarn avait été tourmenté par des rêves et visions, il commença à tenir moins ferme, et permit que l'on enterrât les pattes et la tête de l'ours au lieu de les clouer à sa porte, ce qui fut fait dans la journée.

« Le soir, messire Pierre de Béarn ordonna à ses chevaliers d'emporter son épée avec eux, et de ne laisser aucune arme dans sa chambre ; mais il n'en eut pas meilleure chance. La nuit, ses chambellans furent éveillés par de grands cris ; messire Pierre de Béarn étouffait la comtesse entre ses bras, et ce ne fut qu'à grand-peine qu'ils la lui retirèrent. Le lendemain elle partit comme si elle allait en pèlerinage à Saint-

Jacques en Galice, emmenant Pierre, son fils, et Adrienne, sa fille ; mais, au lieu de se rendre où elle avait dit, elle s'achemina vers le roi de Castille pour lui demander asile et protection, et ne revint plus ni en Biscaye ni en Béarn.

« Quant à messire Pierre, ses visions continuèrent ainsi chaque nuit, sans qu'il se souvînt jamais au matin de ce qui s'était passé pendant son sommeil : on voulut continuer de lui retirer son épée, mais alors c'était bien pis encore, car n'ayant plus rien avec quoi frapper, et croyant sans doute dans son rêve avoir besoin d'une arme pour se défendre, il faisait un tel sabbat que l'on eût cru que tous les diables d'enfer étaient avec lui.

« Il y avait déjà un an que les choses duraient ainsi lorsque messire Pierre, qui ne pouvait plus trouver ni chambellans ni valets pour rester à son service, envoya quérir au couvent des frères mineurs à Pampelune un moine très renommé sur le fait des possessions, et qui avait fait en exorcisme des choses tout à fait miraculeuses ; il se nommait frère Jean.

« Frère Jean se rendit à la requête de messire Pierre, et vint au château. Là il se fit raconter de point en point la chose, et comment elle s'était passée, tant autrefois pour le comte de Biscaye que pour messire Pierre de Béarn ; puis il demanda ce qu'on avait fait de l'ours, et lui fut répondu qu'on en avait abandonné le corps aux chiens pour en faire curée ; que, quant à la tête et aux pieds, messire Pierre les avait rapportés triomphalement pour les faire clouer à la porte de son château ; mais que, sur les instances de sa femme, il avait fini par les laisser enterrer au pied d'un arbre de la forêt. Frère Jean parut satisfait de ces explications, et ordonna à messire Pierre de se mettre en neuvaine. En effet messire Pierre, pendant neuf jours, pria et jeûna comme s'il était en carême, ne buvant que de l'eau, ne mangeant que du pain, et disant chaque jour cinq *Pater* et cinq *Ave* pour le soulagement des âmes du purgatoire, et frère Jean jeûna et pria tout ce temps avec lui, se mortifiant comme si c'était lui qui avait commis la faute ; enfin, la pénitence terminée, on fit venir l'homme qui avait enterré la tête et les pattes de l'ours, et on lui demanda s'il se rappelait bien la place où il avait fait l'inhumation ; il répondit que oui certainement ; alors on commanda tout ce qu'il y avait de prêtres et de chapelains au château et dans les environs ; puis, lorsque le cortège fut prêt, on se mit en marche, guidé par le paysan. Derrière lui venait messire Pierre, en chemise, pieds nus, et portant un cierge à la main. Arrivé à l'endroit désigné, on répéta en chœur les litanies des saints et les prières de la délivrance ; puis, les prières finies, frère Jean ordonna au paysan de creuser la terre, et, à la place où il avait mis la tête et les pattes d'un ours, il retrouva la tête, les mains et les pieds d'un homme.

« Or, il n'y avait pas à s'y tromper, car, pendant le combat, messire Pierre avait presque ouvert la tête de son adversaire d'un grand coup d'épée, et l'on retrouva la même blessure sur le crâne.

« Voyez bien, monseigneur et père, continua Yvain, que mieux serait, je crois, de laisser là cette laie enchantée, et de profiter de l'exemple de votre frère messire Pierre de Béarn.

– Que pensez-vous de cette histoire, notre hôte ? dit le comte de Foix à Froissard.

– Gentil comte, répondit Froissard, j'y crois sincèrement, et j'en ai entendu raconter, et plus d'une, qui avait ressemblance avec elle. Nous trouvons en l'Écriture qu'anciennement les dieux et déesses changeaient à leur plaisir et selon leur volonté les hommes en bêtes et en oiseaux, et ainsi faisaient à des femmes. Il n'est point, monseigneur, que vous, qui êtes savant plus que clerc qui soit au monde, n'ayez entendu parler de l'histoire du chevalier Actéon.

– Non pas, doux maître, répondit Gaston Phœbus, contez-m'en le conte, je vous en prie.

– Volontiers, reprit Froissard ; et ainsi ferai-je à l'instant, monseigneur, puisque tel est votre bon plaisir.

« Or, selon les anciennes écritures, nous trouvons écrit que le seigneur Actéon était un noble, brave et gentil chevalier de Grèce, qui, comme vous, monseigneur, aimait avant tout le plaisir de la chasse. Donc il advint qu'une fois qu'il chassait dans les bois de la Thessalie, il se leva devant ses chiens un cerf merveilleusement grand et beau qu'il chassa tout le jour. Piqueurs, écuyers et chiens l'avaient perdu, et lui seul suivait encore la trace, lorsqu'il arriva à une clairière tout enclose de bois et environnée de grands arbres. Dans cette clairière le chevalier Actéon, ayant entendu des cris et des voix de femmes, descendit de son cheval et entrouvrit doucement les buissons : il aperçut alors une grande fontaine dans laquelle se baignait à la vesprée une dame merveilleusement belle et entourée de ses suivantes. Or, cette dame était Diane, la déesse de la chasteté, et ces femmes qui s'ébattaient à l'entour de leur reine, les nymphes et les naïades habitantes de la forêt où chassait le gentil chevalier. Bien vous pensez, monseigneur, qu'Actéon, à cette vue, ne s'en retourna point en arrière. Il fut tout à coup aperçu de la déesse Diane, qui tout aussitôt poussa un cri. À ce cri toutes les nymphes et naïades se retournèrent, et, voyant un homme qui les regardait ainsi, se pressèrent vergogneuses et rougissantes tout autour de leur maîtresse, cachant les beautés d'une seule avec toutes leurs beautés. Alors, au milieu de ce gentil groupe, la déesse Diane éleva la tête et la voix, disant :

« – Actéon, celui qui t'a envoyé ici ne t'aime guère, car, attendu que je ne veux pas que la bouche d'un homme se puisse vanter de m'avoir vue ainsi, moi et mes femmes, je veux qu'à l'instant tu prennes la forme du cerf que tu as chassé aujourd'hui.

« Et aussitôt Actéon fut changé en l'animal qu'avait dit la déesse Diane, et se mit à courir par les bois, où ses chiens, qui avaient perdu la chasse de l'autre cerf, le retrouvèrent, et depuis lors le chassent jour et nuit sans qu'ils parviennent à le joindre, ni que lui se puisse délivrer de leur poursuite. Or, monseigneur, sans doute l'animal que tua messire Pierre de Béarn était quelque chevalier qui, ayant courroucé, comme l'avait fait Actéon, un dieu ou une déesse de son pays, avait été changé en ours, et accomplissait sa pénitence lorsqu'il fut tué. Voilà pourquoi le temps de sa pénitence étant fini, ou les prières du frère Jean ayant obtenu sa délivrance, on trouva la tête, les mains et les pieds d'un homme, au lieu de la tête et des pattes d'un ours.

– Messire, répondit le comte, votre explication est bonne et valable ; mais, avec votre permission et celle d'Yvain, cela ne nous empêchera pas de chasser demain la laie, si Dieu nous donne vie d'ici là ; à donc nous partirons demain ; par ainsi, que chacun se tienne prêt pour l'heure de l'angélus.

Or, comme on savait que lorsque monseigneur Gaston Phœbus avait pris une résolution, il ne s'en départait en aucune manière, chacun se trouva à l'heure dite au rendez-vous qu'il avait donné, moins messire Jehan Froissard, qui, se plaisant peu au plaisir de la chasse, resta au château, afin d'écrire les différentes histoires qu'on lui avait racontées, tant sur la route de Carcassonne à Pamiers que depuis qu'il était arrivé à Orthez.

La cavalcade se mit en route, suivie des piqueurs qui menaient la meute. La cavalcade se composait de toute la maison du comte : chevaliers, écuyers, chambellans et valets ; la meute se montait à seize cents chiens, car le comte était très luxueux sur l'article de la vénerie. À huit heures du matin on aperçut le bois de Sauve-Terre, qui était situé sur la route de Pampelune.

Arrivé à la lisière on fit halte ; alors Gaston Phœbus, voulant essayer les chiens que lui avait envoyés le comte de Blois, ordonna à quatre piqueurs de prendre Tristan, Hector, Brux et Roland, et de se mettre en quête de la laie. Au bout d'un quart d'heure, Hector l'avait rencontrée. Les quatre piqueurs se réunirent, tracèrent une enceinte et renvoyèrent l'un d'eux annoncer au comte que la laie était détournée. À cette bonne nouvelle le comte ordonna aussitôt de se mettre en route ; arrivé à la place où la trace s'enfonçait dans le bois, on mit les chiens sur les fumées : aussitôt toute la meute donna de la voix, et au bout d'un instant la laie déboucha furieuse et le poil hérissé. À sa vue le comte hua et sonna ; puis, mettant son cheval au galop, il s'emporta derrière les chiens, suivi de toute la chasse.

Pendant cinq heures tout alla au mieux, la laie allait au souhait de ceux qui la poursuivaient, se faisant battre merveilleusement et dans une circonférence de quatre ou cinq lieues ; mais vers Basse-Nonne elle prit un parti désespéré, cessant de ruser et piquant droit devant elle. Le comte, voyant que la chasse n'était point près de finir et que les chiens et les chevaux commençaient à se fatiguer, prit un cheval frais et ordonna de lâcher tous les autres jusqu'aux limiers qui avaient détourné. Les piqueurs obéirent, et la poursuite reprit à grand renfort de voix et de bruit de cors. Au bout de trois heures il ne restait plus sur la voie qu'une centaine de chiens, parmi lesquels Brux, Tristan, Hector et Roland faisaient merveille ; et derrière eux le comte Gaston Phœbus, suivi à grande peine des trois ou quatre chasseurs les mieux montés, parmi lesquels étaient messire Yvain, tout le reste, chiens et cavaliers, avait perdu la voie ou était demeuré en route par cause de fatigue.

Deux heures encore la chasse se continua avec la même vigueur. Pendant ces deux heures quatre-vingt-seize chiens faillirent et deux chasseurs s'égarèrent, de sorte qu'il ne resta que les quatre limiers qu'avait amenés Froissard, et messire Yvain qui, ayant comme son père un cheval de rechange, avait pu le suivre ; mais la compagnie ne fut pas longtemps si nombreuse ; au bout de deux heures de course le cheval de messire Yvain s'abattit et ne voulut plus se relever. Commençant alors à se douter qu'il y avait peut-être magie en cette vitesse infernale, il cria à son père de ne pas aller plus loin et de revenir avec lui ; mais le comte était tellement emporté que, soit qu'il n'entendît pas les cris de son fils, soit que le vent emportât la réponse, messire Yvain n'entendit rien et le vit disparaître au détour d'une route, ce dont il fut bien angoisseux et bien dolent.

Quant au comte, il continua de poursuivre seul la laie maudite, que les chiens suivaient toujours à la même distance, sans paraître se fatiguer plus qu'elle. Pour le cheval, il semblait doué d'un instinct merveilleux, si bien que la laie avait beau prendre à travers bois et fourrés, lui, par des chemins et des sentiers, coupait toujours au plus court, de sorte que de dix minutes en dix minutes, le comte le voyait traverser quelque route et quelque clairière, et se remettait à sonner et à huer pour prévenir le reste de la chasse ; mais tout était égaré, chevaliers, piqueurs et chiens, de sorte que personne ne répondait, et c'était une chose bien triste, je vous le dis, que ces chiens qui chassaient sans donner de la voix, et ces fanfares et ces cris qui mouraient dans les bois, sans que l'écho même leur répondît.

Le crépuscule vint ; le comte était si acharné à la poursuite, que l'obscurité qui commençait à se répandre ne put l'arrêter ; d'ailleurs, les yeux de la laie brillaient comme des flammes, de sorte que, malgré sa couleur sombre, il la voyait passer dans la nuit, et derrière elle, pareils à des ombres, les quatre limiers qui la suivaient toujours. Bientôt il n'en vit plus que trois, puis plus que deux, enfin plus qu'un seul. Tristan, Brux et Roland l'avaient abandonnée tour à tour. Restait Hector seulement, qui la suivait toujours à la même distance, et le comte, que son cheval emportait incessamment d'une égale ardeur.

Enfin la laie parut se fatiguer, si bien qu'Hector sembla gagner sur elle ; cela donna une nouvelle ardeur au noble animal et un nouveau courage au comte, qui hua et corna une dernière fois ; puis, laissant retomber son cor de ses lèvres, reprit sa course fantastique au travers des bruyères et les halliers ; enfin on arriva à une grande clairière au milieu de laquelle poussait un arbre solitaire et isolé. Hector gagnait toujours sur la laie, le cheval suivait toujours Hector, le comte pressait toujours son cheval ; enfin la laie ne pouvant plus aller plus loin s'accula contre l'arbre. Hector se précipita courageusement dessus ; mais au moment où il ouvrait la gueule pour faire sa prise la laie jeta un grand cri et s'évanouit en fumée ; en même temps le cheval du comte s'abattit pour ne plus se relever : il était au bout de ses forces et de sa vie. Le comte se dégagea des étriers, tira son couteau de chasse et courut vers l'endroit où s'était arrêtée la laie, ne pouvant croire à sa disparition ; mais, arrivé au pied de l'arbre, il chercha vainement et ne vit rien qu'Hector, qui, désappointé d'avoir perdu la piste, levait la tête et hurlait piteusement.

Quel que fût son courage bien éprouvé, le comte ne put s'empêcher de ressentir un mouvement de crainte ; un frisson courut par tout son corps, et comme Hector continuait de se plaindre, il lui imposa silence ; puis, regardant tout autour de lui pour chercher à s'orienter, et voyant qu'il se trouvait dans une partie de la forêt qui lui était entièrement inconnue, il monta sur l'arbre pour voir s'il n'apercevait pas aux environs quelque château, quelque maison ou quelque chaumière. En effet, arrivé au faîte, il vit parmi les arbres une lumière qui brillait comme une étoile ; cela lui fit grand plaisir, car il avait craint d'abord de n'avoir que la terre pour lit et le ciel pour dais. Ayant donc pris la direction de la lumière le plus exactement qu'il lui fut possible, il descendit de l'arbre et s'achemina vers elle, suivi d'Hector, qui, ayant perdu toute ardeur cette fois, n'allait plus devant, mais le suivait par-derrière, la tête inclinée et la queue pendante.

Au bout de cent pas, le comte quitta la clairière et s'engagea de nouveau dans la forêt ; mais il avait si bien pris sa mesure qu'il ne s'égara ni à droite ni à gauche, mais piqua directement vers la lumière. Après une demi-heure de marche, il aperçut son étoile à travers le feuillage des arbres : il en continua son chemin avec une nouvelle ardeur, puis ayant fait cinq cents pas encore à peu près, il se trouva devant un château dont une seule fenêtre était éclairée : c'était tout ce qu'il fallait pour indiquer qu'il était habité, et le comte n'en demandait pas davantage, car partout en la marche d'Orthez où allait frapper monseigneur Gaston Phœbus, il était certain qu'à son nom la porte s'ouvrirait avec joie et avec honneur.

Néanmoins, une chose qui étonnait le comte, c'est que, quoique éloigné à peine de trente lieues d'Orthez, en supposant même que la laie eût suivi une ligne droite, il ne connaissait point ce château, lequel cependant, autant qu'il en pouvait juger au clair de la lune qui commençait de se lever, paraissait parfaitement fort et merveilleusement beau. Il n'était pas non plus bâti si nouvellement que le comte n'eût point encore eu le temps d'en entendre parler, car son architecture, qui datait de la première partie du XIIe siècle, lui assignait au moins cent soixante ans d'existence.

Cependant, quel que fût l'étonnement du comte, il n'allait pas jusqu'à l'irrésolution : aussi, sans chercher à approfondir plus longtemps ce mystère, comme le pont était levé, sonna-t-il de toute sa force, pour avertir le châtelain qu'un voyageur demandait l'hospitalité. Le cor retentit tristement, mais n'en eut pas moins son effet. Le pont-levis s'abaissa sans que l'on vît quelles mains le faisaient mouvoir. Au reste, peu importait au comte ; il était sûr d'un souper et d'un gîte, c'était tout ce qu'il lui fallait.

Monseigneur Gaston Phœbus s'engagea donc sur le pont. Arrivé de l'autre côté il s'aperçut que son chien ne l'avait pas suivi ; il se retourna et l'aperçut de l'autre côté du fossé assis et hésitant. Il le siffla alors deux fois sans qu'il vînt ; à la troisième cependant il se décida, et traversa le pont à son tour.

Le comte ne vit à l'entrée ni serviteurs, ni valets, ni pages ; il écouta, mais n'entendit aucun bruit ; cependant, comme la porte était ouverte, il s'engagea sous une galerie qu'éclairait à son extrémité une lampe dont la lumière venait jusqu'à lui, s'affaiblissant et tremblant le long des murailles. Le comte s'engagea sous la voûte, remarquant avec étonnement que, contre l'habitude, ses pas n'avaient point d'écho, et qu'il marchait sans bruit comme l'eût fait une ombre. Tout étrange qu'était cette circonstance, elle ne l'arrêta point un instant. Arrivé à la lampe, il vit qu'elle éclairait un grand escalier. Cet escalier conduisait à la chambre dont il avait aperçu la lumière ; il espéra enfin y trouver quelqu'un et monta sans hésitation. Quant à Hector, il s'arrêta une seconde fois, mais une seconde fois son maître l'appela à voix basse, et, quoiqu'il parût combattre entre une terreur instinctive et l'affection qu'il portait au comte, le sentiment noble l'emporta, et il se mit à son tour à monter l'escalier, mais lentement et comme à regret.

Arrivé à la porte de la chambre, monseigneur Gaston Phœbus vit un souper servi : cela lui annonça les intentions hospitalières du châtelain, et écarta de son esprit toutes les craintes qu'il avait pu concevoir. Au reste, la salle était immense, et comme elle n'était éclairée que par un lustre suspendu au-dessus de la table, toutes les profondeurs étaient plongées dans l'obscurité.

Quoique le comte s'étonnât encore quelque peu de cette solitude continue, il n'en marcha pas moins vers le repas, qui paraissait d'autant mieux être préparé pour lui que, quoique le service fût abondant, il n'y avait qu'un couvert à la table. Arrivé près d'elle, il jeta un dernier regard autour de lui pour voir si personne ne s'approcherait enfin. Personne ne paraissant, monseigneur Gaston Phœbus s'assit, et, voyant que son chien ne l'avait pas suivi et était demeuré à la porte, il lui fit signe de venir à lui, en frappant avec sa main sur son genou. L'animal, toujours dévoué, obéit et vint rejoindre le comte et se coucha à ses pieds, mais cette fois avec tous les signes d'une répugnance manifeste et en rampant comme une couleuvre.

Si résolu que fût monseigneur Gaston Phœbus, cette solitude et ce silence prolongé prenaient un caractère si étrange, qu'il ne put se défendre d'un frissonnement intérieur, et qu'il porta la main à la courte épée qui lui servait de couteau de chasse, pour s'assurer qu'elle était toujours à son côté ; mais, voyant que sa compagne fidèle ne l'avait point abandonné, et n'apercevant dans les dispositions faites pour le recevoir que des préparatifs amis, il se raffermit avec la rapidité du courage, et, s'apercevant qu'un sifflet d'argent avait été posé près de lui, il le prit résolument, et comme, dans les habitudes de cette époque, on ne commençait jamais de souper sans se laver les mains, il porta le sifflet à sa bouche, et siffla pour appeler un écuyer, un valet ou un page, qui lui apportât l'aiguière et le bassin.

Ce son pénétra si triste et si aigu dans les profondeurs de la salle, que le comte se retourna en tressaillant malgré lui, et en désirant dans son cœur que personne ne l'entendît et ne vînt, tant il lui semblait que ce bruit lugubre ne devait appeler qu'un serviteur en harmonie avec lui. Ce fut sans doute ce que pensa Hector, car, lorsque l'on vit se soulever dans l'ombre la tapisserie qui retombait devant la porte du fond, il hurla doucement avec un accent si triste que le comte mit le pied sur son dos pour lui imposer silence ; mais, pour cette fois, moins obéissant que d'habitude, Hector n'en continua pas moins à gémir.

Cependant, du moment où le comte avait vu se soulever la tapisserie, ses yeux n'avaient plus quitté le point de la chambre où les avait attirés ce mouvement : il vit d'abord une forme humaine s'agiter dans l'ombre ; mais, quoiqu'il fût évident qu'elle marchait et s'avançait vers lui, il n'entendit sur les dalles de pierre aucun retentissement pareil à celui que fait le bruit des pas ; en même temps Hector cessa de gémir, mais il sentit qu'il commençait à trembler.

Néanmoins, celui qu'avait attiré le bruit du sifflet s'avançait toujours ; il était facile pour le comte de reconnaître que c'était un jeune page vêtu avec élégance, portant un bassin et une aiguière d'argent et sur son bras la toile à essuyer ; cependant, à mesure qu'il approchait, un frisson involontaire s'emparait du comte : il lui semblait dans la démarche et dans la tournure du page, reconnaître celles du pauvre enfant que, six ans auparavant, il avait tué et qu'il pleurait encore. Bientôt le jeune homme entra dans le cercle de lumière projeté par le lustre, et, alors il n'y eut plus de doute, celui qui s'approchait, c'était Gaston.

Le comte resta les yeux fixés sur cette apparition terrible, et sentant ses cheveux se dresser sur son front mouillé de sueur. L'enfant s'avançait toujours du même pas lent et silencieux. Maintenant le comte pouvait distinguer ses traits tristes et pâles, ses yeux fixes et atones, et à son cou cette petite blessure béante et livide par laquelle sa jeune âme s'était en allée. Enfin il fit le tour de la table, s'approcha de monseigneur Gaston Phœbus, et, sans dire une parole à celui qu'il avait tant aimé, sans que ses yeux reprissent vie pour regarder son père, il souleva l'aiguière et tendit le bassin. Le comte, immobile et muet lui-même comme le spectre qu'il avait devant les yeux, étendit machinalement les deux mains. L'enfant souleva l'aiguière, le comte sentit une impression glacée et mortelle, voulut jeter un cri, mais sentant que sa voix mourait étouffée dans sa poitrine, il se renversa en arrière et s'évanouit. L'enfant avait obtenu de

Dieu la grâce de venir laver son propre sang aux mains de son père.

Le lendemain, la chasse inquiète, et conduite par Yvain, trouva monseigneur Gaston Phœbus mort au pied d'un arbre de la clairière, et près de lui Hector, qui lui léchait le visage. Quant au château, il avait disparu.

Dieu fasse miséricorde à tout pécheur qui s'est repenti !

Achevé d'imprimer sur rotative
par l'Imprimerie Darantiere
à Dijon-Quétigny
en septembre 2008

Dépôt légal : octobre 2008
N° d'impression : 28-1293

Imprimé en France